# 獨眼猴

One-Eyed Monkeys

道尾秀介

片眼の猿

珂辰 譯

# （！）獨眼猴／目錄

總導讀／佳多山大地

# 世上只有一個的「世界」

道尾秀介是目前現代日本推理小說界中最受矚目的優秀新進作家。本文將藉著介紹從二〇〇五年的出道作《背之眼》到最新的第七部長篇作品《老鼠男》，來追溯這位一九七五年出生的年輕作家在轉眼之間便被認同為足以支撐下一個新時代的新希望軌跡。此外，關於各部作品的內容，為避免扼殺諸位讀者的興趣，筆者將在後半部的「作品列表」中，簡單地寫出故事開頭部分。

道尾的作家出道之路，絕對稱不上順利風光。出道作《背之眼》是僅六年歷史的新人獎「恐怖懸疑小說大獎」（幻冬舍、新潮社、朝日電視台主辦）的第五屆投稿作品。本作在評選過程中，引起了三位評審委員當中，領導新本格風潮的綾辻行人注意，獲得了第二名的「特別獎」。《背之眼》在恐怖怪奇的氣氛和邏輯推演上取得了絕佳的平衡，但在決選討論會上，評審卻認為此作受到京極夏彥《姑獲鳥之夏》之「妖怪系列」的強烈影響，以至於與大獎擦身而過。然而，道尾隨即在第二部作品，證明了自己的能力並不只是京極的跟隨者。

毫無疑問地，道尾在第二作《向日葵不開的夏天》發揮了身為新生代作家的真正價值。在出道當年十一月所發表的得獎後第一作，是一部以死後「輪迴轉世」的超自然——或是可說是佛教式——的設定為基底，融合了特殊且縝密的本格推理元素，成為一部描述「恐怖孩子」（enfant terrible）的傑作。道尾以抒情的筆法描寫了孩子們特有的殘酷和悲哀，在最後瘦小的主人翁所背負的「沉重故事」，讓人內心不禁湧起一股難以壓抑的哀痛之情。

二〇〇六年一月，第六屆本格推理大獎的入圍作公布之際，《向日葵不開的夏天》初次成為日本推理界的話題。道尾以一介新人之姿，和島田莊司的《摩天樓的怪人》、東野圭吾的《嫌疑犯X的獻身》等老牌作家同場較量。所謂的本格推理小說大獎，是由本格推理小說的創作者和評論家為主，在二〇〇〇年十一月成立的「本格推理作家俱樂部」所主辦的獎項。雖然道尾此時與大獎錯身而過（第六屆的得獎作為《嫌疑犯X的獻身》），不過這名出色新人的名聲已廣為推理小說讀者熟知。

接下來的《骸之爪》是以初次在出道作《背之眼》登場的「真備靈異現象探求所」所長真備庄介擔任偵探的第二部系列作。在佛像雕刻師工房接二連三發生的怪異事件，與二十年前下落不明的天才佛像雕刻師產生了關連，描繪出工房主人家族的悲劇。這部作品令人聯想到作者敬愛的推理小說大師——橫溝正史名作《獄門島》（一九四九年），描述了人把人當成棋盤上棋子「操弄」的故事，徹底將讀者玩弄於手掌心。

第四部的《影子》則是和成名作《向日葵不開的夏天》走相同路線，以認知科學／腦科學為主題的優秀作品，同時也是作者獲得第七屆本格推理小說大獎的初期代表作。在故事結尾，作者將巧妙的伏線一一收攏之際，母親均已身亡的少年少女，終於可以放下背負的「沉重故事」。比起《向日葵不開的夏天》，本作強調了未來破碎的家庭將可獲得重生的希望。

在這裡，筆者想稍微談一下這個「認知科學推理小說」的評語。雖然聽起來有些複雜，不過不用覺得太困難。台灣的推理小說讀者，想必也已經讀過所謂「敘述性詭計」的作品，列舉具體作品名稱，違反了閱讀推理小說的禮貌，所以筆者省略這個部分。所謂的「敘述性詭計」作品是以第三人稱的敘述文不說謊的最低程度限制下，巧妙地保留部分情報，在劇情架構上花費各種心思；就像是那些以上述的書寫方式讓讀者誤認登場人物性別或年齡的作品群。作品中人物（犯人）的詭計並非用來欺騙調查方（偵探），而是作者用來欺騙讀者的，這種帶有後設小說趣味的部分則在「解決部」時攤牌。讀者在作者巧妙的誤導下，腦中產生一個「自以為的世界」，而以這個「自以為的世界」一路往下讀。也因此看到結局時，了解真相之後，便會感受到宛如世界崩壞的衝擊。道尾在乍看之下是冷硬派作品的第五部長篇作品《獨眼猴》便正面挑戰了正統的敘述性詭計。這部作品的形式雖然是聽力、視力比常人發達的超人們所演出的偵探劇，讀者在腦中自行構築的世界，卻在結尾被作者換上了另一種鮮豔色彩，勢必會對真相目瞪口呆。敘述性詭計在本作中和作品主題緊密結合，讓讀者不得不承認自己的確會對「異於常人」露出歧視的眼光。

另一方面，目前被視為「認知科學推理小說」的作品群，指的是登場人物腦中有某種「錯誤」，而這號人物（不可信任的敘述者）看到扭曲「世界」的推理小說。會出現這類作品的背景起因於所謂的現實和幻想，是否真為對立的兩端？人類所產生最大公約數的幻想是不是就是所謂的現實？也就是說，對於人類而言，腦中的情況，恐怕是貼近自身又永遠無法解明的神祕領域。我們永遠無法知道別人究竟在想什麼，對方到底怎麼「解釋」這個世界，這不正是一種日常中的冒險嗎？舉個比較俗氣的例子，當你暗戀A時，以及你向A告白後被拒絕，這兩種狀況使你對這個世界的看法大不相同。無論如何，你都不肯接受被A拒絕的事實，所以編織出「屬於自己」的故事：其實對方得了不治之症，就算喜歡自己，也不肯接受自己的感情；或者A是外星人，不被允許和地球人談戀愛。當事者並不認為「故事」來自於扭曲的看法，因而建立起一套堅強的世界觀。在他人看來，想必此人在日常生活中非常孤立。

然而，敘述性詭計作品和之後從該類作品的評語產生的認知科學推理小說，兩者並非對立。讓讀者產生扭曲想法的作品是敘述性詭計作品，而登場人物想法扭曲的作品則稱為認知科學推理小說，這種說法其實只是為了方便區分。雖然作者在《向日葵不開的夏天》和《影子》明顯地展現了對於認知科學的興趣，不過當然也不是只有人類才會思考。寵物中最受歡迎的狗，應該也都有各自獨特的「世界」。第六部長篇作品的《所羅門之犬》，一方面讓探索動物情報處理能力的動物生態學家擔任偵探，一方面也是一部清新的青春推理傑作。

到二〇〇八年三月為止的最新作《老鼠男》，毫無疑問會成為道尾的代表作之一。在作品的構造上，重疊了和男主角姬川亮有關，過去和現在的兩起「殺人案」，兩個案子都有多次翻轉。在這部作品中，道尾將人類在得知某事的過程中，事件前後的「脈絡」都會改變結果的心理現象，以及有時看來像老鼠、有時像人類的《老鼠男》畫作搭配得天衣無縫。也可以說，《老鼠男》與認知科學推理小說以及歷來的敘述性詭計作品不同，不如說是以阿嘉莎．克莉絲蒂式「double meaning」（同樣的文章擁有多重的意義）的手法，創作出來的優秀現代解謎小說。

對於備受期待的新進作家，實在無法在此時寫出有實際結論的作家論。不過，如果要說明道尾作品的特徵，應該是他對於「人類如何看待自己外側的世界」這個命題有強烈的興趣。也就是說，每個閱讀道尾作品的讀者自身所擁有的世界，與道尾作品中的世界產生碰撞，「謎團」便由此而生。所以，道尾才會經常以十歲左右的少年為主角，因為這個年紀即將進入青春期，開始意識到自己和家族以外的「社會」。如何理解現實世界，是會隨著人類成長而改變的。並不是相信聖誕老人實際存在的孩童「世界」很幼稚，而送給情人高價禮物的大人世界便是現實。不如說是慣於說謊的大人，不知不覺在「應該不是這樣」、充滿不安要素的世界中生存下來，始終接受關於自己「故事／世界」的強度以及是否誠實的測試。在閱讀當代最出色的說故事高手所編織的謎團時，希望這世界上僅有的「你的世界」，能夠朝著更美好的方向改變。

## 作品列表

## 系列偵探「真備庄介」

**〔長篇小說〕**

★一《背之眼》（二〇〇五年一月）第五屆（二〇〇四年）恐怖懸疑小說大獎特別獎

主人翁真備庄介十分執著於靈異現象研究，他不斷收到人類背上出現一對眼睛的恐怖照片。而且這些背上出現眼睛的人在拍下這樣的照片之後，全部都自殺了。福島縣的山中小村是這些不祥「背之眼」照片的拍攝地，那裡發生連續兒童失蹤事件。前往現場的真備偵探是否能找出靈異照片和連續兒童失蹤照片的真相？

二《向日葵不開的夏天》（二〇〇五年十一月）第六屆本格推理大獎小說部門入圍作

「我」在送暑假作業到S家裡時，發現了他的上吊屍體。但是，接獲通報的警察到現場時，卻發現他的屍體不見了。更讓「我」驚訝的是，已死的S竟然轉世成一隻蜘蛛，並向「我」表示他是被級任導師殺死的。九歲的「我」和年幼的妹妹，以及轉世成蜘蛛的S所演出的奇妙偵探劇就此揭幕。

★三《骸之爪》（二〇〇六年三月）

恐怖小說家道尾為了取材，前往某間佛像工房。深夜目擊了全身被白霧包圍的明王像，驚訝的他立刻拍下照片。隔天，明王像並沒有任何異狀，不過照片一洗出來，卻發現明王從頭部流出了鮮紅血液。探索靈異現象的不速之客真備庄介偵探，來到了不斷發生佛像彫刻師失蹤事件的工房，追尋真相。

四《影子》（二〇〇六年九月）第七屆本格推理大獎小說部門得獎作

我茂凰介的母親留下了「人死之後什麼都沒有了，就是這樣。」的遺言，便因癌症去世了。凰介在大學醫院工作的父親洋一郎，曾為妄想症的精神問題所困擾，在妻子死亡前後，狀況更加嚴重。一方面，凰介的青梅竹馬水城亞紀一家也發生了不幸的事情。亞紀的母親惠，跳樓自殺了。而惠的丈夫懷疑妻子外遇，深陷亞紀並非親骨肉的妄想中……

五《獨眼猴》（二〇〇七年二月）

有一天，某家樂器製作公司委託「我」經營的徵信社，找出敵對公司盜用設計的證據。「我」的生財工具是「我」的耳朵，因為我有異於常人的特異功能，所以總是帶著大型耳機。為了確認敵對公司的動靜，深夜，「我」爬上隔壁大樓頂樓，卻意外偷聽到公司內發生的殺人事件……

六《所羅門之犬》（二〇〇七年八月）

四名大學生聚集在咖啡廳角落，外面下著傾盆大雨，他們正在討論前幾天發生的、令人心情沉重的某起「意外」。這次聚會為了確認「他們當中是否有殺人犯」，在四人眼前發生了副教授的十歲兒子被車子撞死的意外。原因是少年飼養的狗，突然衝向站在馬路反方向的他們，才釀成了這起悲劇。究竟是他們其中的哪一個，讓狗採取了攻擊性行動？

七《老鼠男》（二〇〇八年一月）

主人翁姬川亮有著一段不堪回首的過去。父親罹患腦癌在家療養之際，小學三年級的姊姊竟在自家庭院死亡。警方判斷姊姊是不小心從二樓摔死的。然而在姊姊死後不久，父親也過世了。父親臨終前，在病床上告訴年幼的姬川猶如詛咒般的話語，「我做了正確的事」。過了二十三年，姬川的女友似乎懷了別人的骨肉，姬川打算和父親一樣，做出「正確的事」……

八《烏鴉的拇指》（講談社・二〇〇八年七月）

詐欺師竹先生過去曾被一名男子樋口所率領的高利貸業者強迫參與討債行動，但是因為某個契機，竹將樋口一行人出賣給警方。七年之後，刑期服滿出獄的樋口再次將魔掌伸向了竹。察覺到危險的竹，為了躲避樋口四處搬家，在逃命的過程中認識了一群新的夥伴。他們決定向樋口一行人設下驚天動地的大騙局……

**〔短篇小說〕**

到二〇〇八年三月為止，道尾尚未出版短篇作品集。不過，道尾曾經在二〇〇五年四月號的《小說新潮》發表過真備系列的短篇〈流星的製作方法〉，本作曾入圍第五十九屆日本推理作家協會獎短篇部門。

## 作者簡介／佳多山大地

一九七二年出生於大阪，畢業於學習院大學文學部。文藝評論家，花園大學文學部兼任講師。一九九四年以〈明智小五郎的黃昏〉入圍第一屆創元推理評論獎佳作，開始在各媒體發表推理小說評論。第五十一屆日本推理作家協會獎「評論及其他部門」得獎作《本格推理小說的現在》執筆者之一。著作有《推理小說評論革命》（鷹城宏合著）等，並在競作短篇集發表首部短篇小說〈河邊有屍體的風景〉。

# （!）獨眼猴

# 1 爲什麼狗……

一到冬天，總覺得心神不寧。

星期一，中午十二點三十分。

我望著「谷口樂器」從左到右的立體文字，啃著夾餡麵包。颳起的風異常溫熱，大概是因為這棟辦公大樓的頂樓總是聚集很多人吧。

「再過半個月就是臘月了……」

我回頭。不論男女員工，都沒有人穿外套，有人靠在鐵網上說笑、有人坐在長椅上吃便當，也有人皺眉盯著手機螢幕，大家都以各自的方式度過一個小時的午休。鐵網上停著幾隻鴿子，看似和平地鼓起喉嚨咕咕叫著。

這是位於中野區的老字號樂器行——谷口樂器總公司大樓的頂樓。

我看著鴿子的時候，突然想起了秋繪。認識她也是在一個風和日麗的午後，秋繪就坐在小公園的長椅上，獨自望著鴿子，四周都是高樓大廈。

眺望著最愛的鴿子。

秋繪的反應我至今還記得很清楚，當我下定決心向前搭訕時，她嚇了一跳並抬起頭，當她看到我的容貌時，更是嚇得渾身僵硬。不過，她立刻露出笑容。那個笑容，我認為是她下意識要消弭某種「歧視」的表現。第一次看到我的人，只要還有一點良心，都會做出相同的表情。不過，秋繪的表情有點不一樣。我看到她的笑容，覺得初次見面的我們倆確實有什麼共通點，此人一定能了解我——我有了這樣的想法，然而……

「結果只是我的一廂情願？」

秋繪搬出我家已經七年了。

而她死了六年十一個月。

秋繪完全不跟我商量，也沒有一點蛛絲馬跡，我甚至連不好的預感都沒有。原來在真實人生裡，壞事發生前是不會有任何壞預兆的。那時候，我才明白這個道理。

她的遺體在福島縣的山林裡被發現，就在從林道穿越群樹，往山裡走約五分鐘的地方。據說，秋繪用繩索將自己吊在一棵大麻櫟上，沒有留下遺書。秋繪選擇上吊的場所，是我們曾經去過的旅遊地點。

之後，我開始拒絕與他人深交。

不——我原本就對其他人不感興趣。從小，在更衣間的鏡子裡看到自己模樣的那一天開始；自從承認眼前這個凝視著自己的少年異於常人，有著可怕容貌的那一天開始。

「跟你說一件毛骨悚然的事。」

這樣的話語傳進耳裡，把我從鬱悶的回憶中搖醒。

兩個身穿藍與白襯衫的年輕人並排坐在長椅上，剛才切入話題的應該是這個穿藍襯衫的男人。

「毛骨悚然的事？」

白襯衫反問。

「對，你知道狗鼻子為什麼比人類靈敏幾萬倍嗎？」

「問得真突然……。不，我不知道。」

「答案很簡單。不過在公布答案以前，希望你仔細聽我接下來要講的事。」

「你到底要講什麼？」

「就是毛骨悚然的事啊。」

這兩人的對話讓我非常感興趣，因此我集中精神聆聽。

「你知道我每天都搭內房線上下班吧？」

「我知道，從袖之浦要花將近兩個小時，繞行東京灣，對吧？」

「那你也知道三天前，有一架韓航墜毀的空難吧？」

「當然知道啊，那天晚上每個頻道都是那起新聞，隔天報紙的頭條也幾乎都是那個，不是嗎？一般報和運動報都是。」

我想，先進國家沒有人不知道那起事故吧。一架滿載三百名以上乘客的韓航客機，撞上了阿蘇山的山腰，爆炸後起火燃燒，機上無人生還，其中有四名日本乘客。不過，這是指尋獲的遺體與乘客人數相同，據說大部分的遺體損傷得很嚴重，別說身分了，連性別都分辨不出來。失事原因好像是引擎出現不明故障。

「好，那就很容易聽懂我要講的事。」

藍襯衫這麼說道，便壓低音量。

「我在每天通勤的那班車上，一定會看到一個年輕女孩。她的身材很好、皮膚很白，臉上戴著一副超大墨鏡。一頭烏黑的長髮總是垂落在臉頰兩側，服裝呢……，也許有點花俏，不過品味還不錯。」

「這樣啊……，然後呢？」

「這個女人一上車，一定會面朝車門站著。她在行車途中，一直站在靠海那邊的車門，望著窗外，是一直哦。她保持同樣的姿勢，偶爾發出小小的笑聲，呵呵呵地笑著，好像很好笑。從以前開始，我就一直很好奇她究竟在看什麼，所以前一陣子……，大概在兩個星期前吧，我試著站在她身後，跟她一樣望向車窗外。然而，外面什麼也沒有，只有一成不變的風景。我配合那女人發笑的時機往外一看，完全沒看到什麼有趣的東西，什麼也沒有。」

「真的很詭異，不過那大概只是……」

「等等，我還沒講完。」

感覺藍襯衫的語氣還是很認真。

「那個女的只有在電車行進間才會望著窗外。一旦電車進站，她就低頭不動，好像不想讓月台上的乘客看到自己的臉。等到電車離開月台後，她又像先前那樣抬起頭。」

「然後呢？繼續望著窗外發笑？」

「對，又開始呵呵呵地笑。那女人一直重複這樣的舉動，一進站就低頭，一駛離月台就抬頭。」

「是不是對自己的容貌沒自信？那個女的很喜歡在通勤時看風景，然而並沒有自豪的容貌，所以不想讓別人看到她的臉。她一直戴著墨鏡，應該也是這個原因吧！」

「一開始我也這麼想。那頭長髮垂落在臉頰兩側，感覺像是不想讓周遭人看見自己的容貌。但是，就算那樣也太奇怪了吧？那個女的究竟看到什麼在笑呢？我實在搞不懂。」

「每個人都有不同的笑點啊。有些事你怎麼看也不覺得有趣，但是看在別人眼裡，可能很爆笑。譬如說雲……」

「不是那樣的。」

那個聲音伴隨著深刻的恐懼。

「其實最近，我……終於明白了。」

「明白了？」

「三天前那起墜機事件，你還記得是幾點發生的嗎？」

「那是……早上很早的時候吧，是不是七點多？」

「沒錯，那個時間，我正好在電車上，每天坐的那班車。」

頂樓颳起強風，兩人的對話暫時中斷。我集中精神聆聽，等待話語聲繼續傳來。

「那天早上，我還是站在那女人後面。」

藍襯衫繼續說：「她一如往常，戴著超大墨鏡眺望窗外，臉還是微微朝上。可是，有一段時間，她好像在思考什麼，歪著頭，手放在嘴邊……，好像視線前方出現了什麼很奇妙的東西。我很好奇，於是往她面對的方向看過去。然而，那裡也沒有什麼特殊的事物。後來啊，那女人突然「啊」了一聲，然後輕輕說：「掉落……」當時，我搞不懂是怎麼回事。可是，一進辦公室，有同事看到新聞快報，談起韓航撞山的墜機事件。仔細一問，墜機的時間我正好在車上。」

「喂，這……」

白襯衫沉默了一下，然後笑了出來。

「什麼意思？該不會是那女人在瞬間看到墜機吧？」

「沒錯。」

「我說啊，你知道內房線的鐵道距離阿蘇山有幾百公里遠嗎？」

「但是，如果這麼想，一切不就有答案了嗎？那個女的看到飛機撞山，就在她一如往常眺望窗外，尋找有趣事物的時候。」

「你是認真的嗎？」

「當然，我很認真啊，一直到今天早上為止，我也是半開玩笑地這麼想。」

「怎麼說？」

「今天早上，我啊……，實在太好奇了，所以終於看到她的臉了。電車搖晃時，我假裝沒站穩，將上半身傾向女人與車門之間，又以抓吊環的姿勢，把手伸到女人面前，用手勾掉她臉上的墨鏡。墨鏡從她臉上滑落，掉在我的腳邊。我看到那女人的眼睛，她迅速低頭，然後慌張地撿起墨鏡重新戴上，到了下一站，她就匆忙下車了。」

此時，藍襯衫的語氣稍微放慢了。

「對了，你還記得我一開始問的問題嗎？」

「嗯，你問『為什麼狗鼻子比人類靈敏幾萬倍』，對吧？」

「沒錯，就是這個問題。我再問一次，你知道為什麼嗎？」

「不知道……，完全沒頭緒。」

「答案很簡單。」

「簡單……」

「答案就在臉部的構造。」

「臉部的構造……」

「狗的鼻子很大。狗這種動物，鼻子佔了臉部的一半哦。」

……

我將手上最後一口夾餡麵包丟進嘴裡。

感覺內心有一股柔軟、溫暖的東西慢慢地膨脹，也許是幸福的前兆；也許是命運轉動的小小預感。

我高舉雙手，用力伸了一個懶腰，順便看了手錶一眼，時間是中午十二點五十五分，午休快結束了。一回神，四周已經沒人了，頂樓只剩下我一個。我伸手取下頭上一直蓋著雙耳的東西，拿掉偽裝用的超大型耳機，輕風吹過裸露的一對耳朵，真舒服。

我的視線轉了個方向，望向隔著一條大馬路的對面大樓頂樓。那邊應該也是從下午一點開始上工吧，我看到剛才談話讓我大感興趣的那兩個襯衫男，也從長椅上起身，走向樓梯口。他們應該不知道，居然有人在這麼遠的距離偷聽他們談話。

「啊……」

一陣轉動門把的喀嚓聲傳來，我回頭一看，正好對上對方的眼睛。

從出口的厚重鐵門後方，露出了一張蒼白的臉，是今年剛進公司的新人，叫什麼來著？

「三梨先生……，辛苦了。」

新人看到我，裝出很可笑的笑容。此時，我突然冒出惡作劇的想法，來捉弄他一下吧。我撥開兩側的頭髮，故意露出耳朵。新人的表情瞬間僵硬，呆站在原地，嘴角抽動著。下一瞬間，他就像急著躲進石頭的螯蝦，以超快的速度將頭縮回門後。我追著他走進門內，只見新人一路往下衝，他一手拿著菸和打火機，大概是想在開始上工前，先抽一根菸，才會上頂樓來吧，結果看到了我。真可憐。

「不必逃啊啊啊啊——」

我半開玩笑地喊叫，對方明顯地充耳不聞，甚至加快了腳步。這傢伙真好玩。最後，看不見他的身影，只剩下啪躂啪躂的慌亂腳步聲逐漸遠去。

我放慢腳步，雙手插在口袋裡，慢慢地下樓。

「不過……」

我回想剛才那兩人的談話。

或許身邊有個人有共通點，日常生活會有趣些。或許這七年來，已經盪到谷底的感情，會稍微恢復一點人性。

「鼓起勇氣，找她說說話吧。」

我這麼決定了，有共通點的人再怎麼說也難得出現，絕不能放棄這個機會。

## 2 新朋友

那天晚上，我看準其他員工都已打卡下班後，悄悄靠近刈田的辦公桌。

「部長，從明天起一個星期，我想晚一點上班，不知道可不可以？」

刈田頂著一顆油膩的禿頭，幾乎可以煎荷包蛋了。禿頭底下的那雙眼睛瞄了我一眼，我老覺得他像極了醜陋的希區考克（註）。

「嗯，跟那件事有關吧，沒問題，我會替你瞞過其他人。」

「感謝！」

「對了，三梨，工作進度怎麼樣了？」

「目前還沒有任何進展。」

刈田是谷口樂器的企劃部部長，我的座位就在企劃部，我在公司裡喊他部長，然而他

---

註：希區考克，Alfred Hitchcock，（一八九九～一九八〇），英裔美籍電影導演，公認的驚悚電影大師，禿頭是他的特徵。

不是我的上司。

他是我的業主。

我經營一家徵信社「幻象」，專門竊聽。一個月前，谷口樂器有案子委託我調查，當時陪同社長谷口動到徵信社找我的人，就是刈田。

「我們懷疑同行的勁敵黑井樂器盜用我們的設計，希望你替我們找到證據……」

這就是委託的內容。根據刈田所說，每當谷口樂器計畫推出新商品時，黑井樂器總會搶先一步，發售類似設計的商品——好像就是這樣。我接下這份工作，契約時效為一年，還可以領到高額的報酬，這是過去沒接過的大案子。

就是這個緣故，我偽裝成中途被採用的員工，潛入谷口樂器，每天監聽黑井樂器總公司內部的情況。黑井樂器總公司就是從頂樓上看到的那棟建築物，雖然只有五層樓，不過每層樓占地相當寬敞，算是一份相當吃力的工作。

「如果掌握到什麼線索，再跟您聯絡，我今天就先走了。」

「嗯，辛苦了。」

我向刈田行過禮，便單手拿著公事包，走出了辦公室。

按下電梯鈕，過了二十秒門打開了。我走進電梯，與一個年輕女人錯身而過，一股高級香水的餘味讓我鼻腔發癢。剛才是會計部的牧野吧，人長得還蠻漂亮的，就是看到我會皺眉，讓我不爽。

「這副德性，也難怪她會皺眉了。」

關閉的電梯門內側是擦得晶亮的不銹鋼，我的臉孔清楚地映現在門的表面。真帥！我不由得苦笑了。

老實說，在徵信業界，這雙異常的耳朵也帶給我很大的不便，因為實在太醒目了。

「反正隱藏方法多得很。」

我從公事包裡拿出耳機戴上。這下子，我變成了熱愛音樂的上班族。這不是塞進耳內的耳塞式耳機，也不是掛在耳殼上的開放型耳機，而是密閉式耳機，超大又縱長，是一種可以將整隻耳朵包覆起來的耳機，而且還有十個以上的按鈕，功能很多。這是很棒的偽裝，耳機雖然引人注意，耳朵卻不會。以毒攻毒！這比喻好像不太恰當。其實只要能蓋住耳朵，什麼都好，不是耳機也無所謂，只不過在夏天戴好像有點不自然，於是最後我選擇了這個。

我輕盈地步出谷口樂器大樓的正面玄關。

「帆坂應該還沒走吧？」

我拿出手機打回徵信社，只響了一聲，帆坂就接起電話。

「感謝您的來電，這裡是幻象徵信社。」

聲音還是這麼虛弱。我腦海裡浮現帆坂那張戴眼鏡、像豆芽菜的臉。

「是我。今天有什麼事嗎？」

「啊，三梨先生，辛苦了。我看看……，哇啊！」

一聲驚呼傳來，帆坂的聲音消失了，二十秒後才又聽到他的聲音。

「抱歉，話筒掉了。我看看哦，今天沒有公事上的來電。」

「其他的呢？」

「稅務局有一通留言——如果無法申報徵信社的所得，請到局裡說明。」

「不理他。」

我朝著話筒哼了一聲。

「那麼，你可以下班了，辛苦了——，啊，對了。」

我告訴帆坂近期可能會有新朋友加入，帆坂的聲音聽起來很高興，而且當我再加註可能是女性時，他發出「呦！」這種就二十幾歲而言相當老派的感嘆詞。

「三梨先生，我會一輩子追隨你唷！」

## 3 我覺得蠻可愛的啊！

四天後的星期天，上午七點二十分。

「那麼，開始吧，本週的狂狂狂……狂熱問答！（襯底音樂是ABBA最經典的〈*Money, Money, Money*〉）」

我被收音機播放的聲音吵醒，是隔壁203號的收音機。隔壁住了一個媽媽和一對念小學的雙胞胎女兒。她們把收音機設定成鬧鐘，同時也成了我的起床號，省事多了。

新宿小巷裡的破舊雙層公寓「玫瑰公寓」202號，就是幻象徵信社兼我的住所。

「首先公布上週的正確答案。拍過恐怖電影、名字倒過來念剛好是日文的導演是誰？提示是《*The Ring*》（七夜怪談西洋篇）——好了，正確答案是……」

「Gore Verbinski（高爾維賓斯基）！」

「Gore Verbinski！哈哈哈，他的名字倒過來就變成了『下巴』（註），對吧？《*The Ring*》

註：Gore，日文翻譯成ゴア（goa），倒過來就念成アゴ（ago），即下巴的意思。

大家都知道是日本《七夜怪談》的好萊塢版。對了，由《金剛》（*King Kong*）的女主角娜歐蜜華茲（Naomi Watts）主演。恭喜答對的聽眾朋友們！」

我伸手撿起地上的電動刮鬍刀，今天早上必須比平常更注重外表，因為我就要向她開口，邀請她加入幻象徵信社，成為戰力之一。

「接下來是今天的狂狂狂……狂熱運勢！M字腿脫毛的人，小吉；內八字的人，中吉；對貓過敏的人，大凶。好了，那麼今天的大吉是——耳朵有特徵的人！」

「哇啊！」

我不自主地叫了出來，啪地拍打膝蓋，這占卜太棒了。我忍不住拿起電動刮鬍刀充當麥克風，唱起了〈浪漫飛行〉（註）的第二段。

不帶一絲陰影向前飛去——

事情應該會進展得很順利。

就結論來說，非常順利。

而且比我想像中還要輕鬆。

當天晚上八點過後，我和她並肩坐在新宿御苑附近的酒吧「地下之耳」內。

「季節的冬，繪畫的繪？」

「對，冬繪。——很罕見吧！」

冬繪在大墨鏡的另一端露出笑容。我有點吃驚，將手肘放在吧台上，重新檢視對方。

「你的表情真奇怪。雖說這名字很罕見，不過應該沒有那麼奇怪吧？」

「不是，是因為我以前認識一個人，名字跟這個很像……」

秋繪和冬繪。偶然這東西真恐怖。

「妳貴姓？」

「夏川。我爸媽好像想用冬與夏取得平衡。」

「夏川冬繪啊。」

很可惜秋繪並不姓春川，她姓野村。如果連姓氏都相似，會讓我覺得太過宿命，令人毛骨悚然。

「三梨先生的姓氏也很罕見耶。」

「可能吧。在家鄉青森縣內也只有我家這麼一戶，就人數而言，只有我和爸媽三人而已。不過在我小學二年級的時候，終於只剩下我一個了。」

「你爸媽去世了嗎？」

冬繪微微歪頭，窺探我的表情。

---

註：日本著名樂團米米CLUB（Kome Kome Club）九〇年代的經典歌曲。

「對，死了。某年冬天的某天早上，房子的屋頂突然倒塌。好像是偷懶沒鏟雪，結果屋頂承受不了重量，整個坍塌。我九死一生逃了出來，我爸媽當場死亡。聽說死狀悽慘，讓人不忍心看第二眼，不過我一眼也沒看到就是了。」

「這樣啊……」

「後來，我被東京的孤兒院收養，我的名字叫做三梨幸一郎，在這邊的學校可是備受同學取笑，大家都笑我『孤兒一郎』（註一）。後來，我發現班上有個同學，在國文課拿我的名字開玩笑……」

我發現這不是一個愉快的話題，便不再說下去了。

「我的事沒什麼好說的。」

「久等了。」

老闆穿著老舊的土黃色夾克，頂著一張歷盡滄桑的土黃色臉孔，送上兩只高球杯（註二）飲料。

「難得哦，三梨先生，沒見過你帶女孩子過來。」

老闆的聲音聽起來像個重症患者。實際上，我確信有一天一定會聽到關於他陳屍三天才被發現的地方新聞，我打算出現在那則新聞報導的畫面一角。

「我帶女孩子來很奇怪嗎？」

老闆抿嘴笑了笑，又走回店的後方。

「地下之耳」位於風化區燈紅酒綠巷弄間、走下一條狹窄樓梯的地方，店內空間呈細長狀，彷彿鰻魚的床鋪。長黑黴的木門內側有一條長吧台，吧台前面擺著十張凳子。這家店是玫瑰公寓的住戶之一；也是我師父野原大叔介紹的。

「這裡真安靜。」

「我沒看過其他客人。」

這樣還能經營下去，我時常懷疑老闆是不是在暗地裡幹什麼壞勾當。

「對了，三梨先生。」

冬繪靠近我，輕聲說：

「一旦加入幻象，你會替我準備住的地方嗎？」

我用力點點頭。

「我家兼徵信社就在新宿御苑附近，我打算在那一帶替妳租個房間。我昨天去仲介公司看過了，有一棟新蓋的大樓還有空房，中央控鎖，一房一廳。」

「房租不便宜吧？」

註一：孤兒，minashigo，發音與三梨幸，minashikou類似。

註二：高球（high ball）威士忌攙蘇打水或琴酒調製而成的酒類。

「嚇死人的貴。不過……」

我拍了拍外套口袋。

「不用擔心，別看我這樣，口袋可是飽飽的。」

這句話是騙人的。

我手頭上雖然有點積蓄，但若要租下新宿的新大樓，錢一定用得很快。不過沒關係，大約十一個月以後，我就能從谷口樂器領到一筆巨款，只要能撐到那時候就好。當然，這是指在工作順利的情況下。

「冒昧打擾妳一下……」

今天早上，我在內房線的千葉站叫住了通勤途中的她。從星期二起連續三天的觀察，我已經鎖定她乘坐的車廂，也知道她在千葉站下車，轉搭總武線。

她的眼睛透過墨鏡凝視我。當時的我摘下了頭上的耳機，我認為如果她看到我的耳朵，還是拒絕我的話，那就沒什麼好談了。我猜她一定很驚訝，有一對奇怪耳朵的陌生男子，突然向她搭訕，就算她尖叫逃跑也很正常。

「希望妳能來我的徵信社工作……」

我單刀直入地切入正題，迅速將事先備妥的名片塞給她，就在人來人往的人潮中，快速向她說明原委。我是一個私家偵探，日前在某業主的公司裡，用這對耳朵竊聽員工談話時，偶然得知她的存在，由於徵信社人力不足，需要有特異功能的員工。沒想到，她的回話也令我意外。

「我很有興趣……」

她微笑著這麼對我說。

「那麼，八點在這裡等妳……」

然後，我把這家店的火柴盒遞給了她。

「老實說，沒想到妳真的會來，因為我當時是拿下這個跟妳說話的。」

我將單邊耳機稍微拿高。冬繪聳聳肩，輕輕地搖搖頭。

「我覺得蠻可愛的啊，那對耳朵。」

可愛……

我差點從凳子上滑落。這女人的腦袋沒問題吧？

「那麼醜的耳機，幹嘛不拿掉？」

白皙的臉龐，大墨鏡的下方，彷彿紅色月牙般橫掛的薄唇兩端微微上揚。剎那間，我的視界裡只剩下冬繪的臉龐，周圍的景色一片漆黑。

「可愛……？」

我在嘴裡喃喃自語。一陣甜美的戰慄閃過脊筋，我連忙咳了咳，端起高球杯啜飲了一口。

「其他人可不那麼認為，大家都認為這對耳朵很噁心、很討厭……」

「比我的眼睛好多了。」

冬繪撫摸著墨鏡下緣。

「從小，大家就嘲笑我的眼睛。」

我無言地看著她

「你看這裡。」

冬繪把頭頂湊近我。在充滿光澤的黑髮之間，隱約看得到淡淡傷痕。

「你猜這是什麼？」

「不知道……」

我以為是被什麼東西砸中，結果不是，相反。

「這是我跳樓自殺不成功的痕跡。」

「原來跳樓自殺也有不成功的啊。」

「對。如果選錯地點，就不會成功。我從小學時期住的平房屋頂跳進院子裡，根本死不了，只撞出一個大包，留了一點血。虧我還寫下所有嘲笑我的同學姓名，放在口袋裡。」

冬繪笑著拿起高球杯，湊近嘴唇。

「真不知道那些嘲笑妳的同學是怎麼想的。」

我老實說出自己的感想。

「我覺得妳的眼睛很漂亮，是我出生到現在三十幾年內，看過最漂亮的一雙，非常迷人。」

這不是客套話。剛才她朝向旁邊的時候，我看到墨鏡的內側了。我看到那雙眼睛；是一雙非常漂亮的眼睛。

「謝啦。」

冬繪冷淡地回答，別開了臉。她似乎還無法信任我的感想，如果太絮叨地讚美，會讓她察覺我的本意，於是我聳聳肩，轉向吧台坐好。

當天夜裡，冬繪答應要加入幻象，我非常高興，喝了不少，冬繪也陪我喝。老闆不時從店裡窺探我們，但我並沒有多想。

# 4 什麼招數都用

臘月的第一天，東京很罕見地下了雪。那天，冬繪搬進我替她租的一房一廳，正式成為幻象的員工。當天深夜，她立刻展開第一件工作。

「谷口樂器？」

坐在我駕駛的老爺車Mini Cooper的副駕駛座，冬繪反問。

「對，就是我這次的業主……，妳怎麼那種表情？」

「沒有，因為這品牌太有名，我有點驚訝。」

「越是大企業，越會在私底下僱用偵探調查一些事。」

我將谷口樂器的委託內容，以及到目前為止的工作進度，向她說明了一遍。

「向業主報告之類的工作，會由三梨先生自己做吧？我不用進入谷口樂器的辦公室吧……」

「嗯，應該不用。我已經偽裝成員工混進去了。妳有什麼理由不能進入谷口樂器？」

「當然啦，在辦公室裡總不能一直戴著墨鏡吧？」

「原來如此。」

當雨刷刷掉擋風玻璃上的積雪時，我轉進了靖國大道。在深夜的幹道上，只看得到計程車的尾燈。

「那，我接下來要做什麼？」

「我要妳潛入調查對象的黑井樂器，我會在大樓外面下指令，妳只要按照指示，在漆黑的大樓中移動就可以了。」

「可是，大樓裡不是有警衛嗎？」

「所以我會下指令啊。我會仔細聆聽大樓內的腳步聲，警衛走到哪裡，我一聽就知道。然後，我再用手機通知妳該走的路徑。」

「你知道大樓內部的結構？」

「都在我的大腦裡。我偶爾在假日，佯裝成清潔工混進大樓，在裡面四處走動。在警衛面前我是清掃業者的臨時工，在清掃業者面前我則冒充為負責監工的總務部人員。只要第一次騙過他們，再來就好辦了。」

實際情況就是這個樣子。

清掃業者到黑井樂器的當天早上，我會躲在後門伺機而動，當身穿藍色工作服的清潔人員出現時，我便現身從容不迫地對他們點頭示意。

「早！」

「早安！」

「各位辛苦了。能不能請你們像上次那樣，用那邊的對講機叫警衛開門？進去之後，請立刻開始工作。我去買包菸就來──」

「沒問題！」

「知道了！」

其中一人按照我的指示，按下後門旁邊設置的對講機，我就在不遠處，悄悄地盯著。接著，警衛會從內側開門，讓這批清潔工進去。當最後一個人走進去，我便尾隨在後，並向警衛鞠躬，調整語氣及音量，這麼說：

「承蒙關照了，我們立刻開始工作──」

警衛只是輕輕地點點頭，毫不懷疑地讓我進去。我就這樣進入大樓，悠哉地在各樓層走動，偶爾向清潔工打聲招呼說辛苦了。等到我完成工作之後，再大搖大擺地離開。

我向副駕駛座的冬繪說明。

「原來如此。」

冬繪好像懂了，但馬上又歪著頭問：

「可是……，既然你進得去，又何必要我在深夜裡潛入呢？」

「不，白天沒辦法隨便查探上鎖的抽屜。如果被發現蹲在地上開鎖，那就玩完了。那棟大樓目前的保全非常鬆散，可說有機可趁，但如果偷偷摸摸的行為被發現，他們一定會強化保全系統，一旦那樣，對偵探而言，可說是致命傷。」

冬繪雙手盤胸，長長地嘆了一口氣。

「可是，你讓我潛入……，萬一失敗了我可不負責哦。」

「別擔心，我信任妳。」

路的前方已經看到黑井樂器大樓了。我轉動方向盤，切入前面的小巷裡，然後放慢車速，在大樓附近一條不起眼的小巷後面把車停妥。雪不停地飄著，十二月的雪並不會堆積，一碰觸到地面，彷彿被吸入地表般，消失得無影無蹤。

時間是凌晨一點二十分。

我把一支手機遞給冬繪。

「這是特別為妳訂作的祕密武器。」

「這支手機？」

冬繪接過手機，在眼前不停地張望。

「它是免持聽筒。用那條吊飾將手機掛在脖子上……。對，旁邊不是有耳機嗎？妳把它塞進耳朵裡。」

等冬繪弄好後，我從外套口袋裡拿出自己的手機，按下預先輸入的〈潛入用祕密武器No.001〉的號碼。手機並沒有響，自動切換到通話狀態。

「聽得到吧？」

我對著手機的送話器呢喃，冬繪嚇得用手摀住耳機。

「通了耶，沒有畫面，也沒有亮光。」

「那當然囉，如果胸前掛著一個會閃的東西，那就太醒目了吧。」

「我想跟你說話時該怎麼辦？我沒看到麥克風耶。」

「不需要麥克風，妳只要像平常一樣講話就好。」

我指了指自己的耳朵。

「就算妳只是自言自語，我也聽得到，不用擔心。」

冬繪贊同地點點頭。

「說的也是。」

「還有一樣。」

我從後座拿來一只信封，廉價的紙質，背後印著「Lock & Key吉丸」的黑字，裡面有一支全新的鑰匙。我將它遞給冬繪。

「這是黑井樂器後門的鑰匙。」

「你怎麼拿得到這種東西？」

「我在大樓裡閒晃的時候，發現它掛在警衛室，於是用辦公室裡的影印機影印下來。如果有熟識的鎖匠，光看形狀就能複製。」

「你什麼招數都用耶。」

「我是偵探啊。那麼……，開始吧。今晚小試一下身手就好，不必太緊張。」

「你會好好下指令吧？」

「別擔心。對了，今晚打算讓妳查一下兩、三處上鎖的抽屜，需要我的開鎖工具嗎？還是妳帶了自己慣用的道具？」

冬繪聽到我這麼一說，表情瞬間僵住了。

「怎麼了？」

冬繪無言地凝視我一陣子，以低沉的聲音問：

「你……早就知道了？」

「妳是偵探的事嗎？當然囉！」

我輕聲地笑了笑。

「在車站叫住妳之前，我稍微調查過了。」

我還記得很清楚，在千葉站埋伏，第一次尾隨冬繪所帶來的驚訝。她的目的地——靖國神社附近的雙層樓獨棟建築，掛著「四菱商社」的招牌。那家公司在徵信業界無人不知、無人不曉，是一家日漸展露頭角的徵信公司。近來，不知道為什麼，都內的徵信社接連倒閉，只有四菱商社穩健經營，員工人數持續增加，營業區域陸續擴大。

「普通粉領族怎麼可能這麼簡單就答應加入我的徵信社呢？一般人就算突然被要求協助調查工作也做不來吧。很抱歉我裝作不知道……，不過，這一點妳也一樣吧？」

「什麼意思?」

「妳也是業界裡的同行,應該以前就聽過我的名字。」

沉默了很長的時間,冬繪才不自然地點點頭。

「我……一直很想見見你。」

「這是我的光榮。那,開鎖工具呢?」

「用我自己的。」

冬繪像是放棄掙扎地搖搖頭,從後座拿起黑色皮革背包。她果然帶了自己的工具。

「——小心點。」

聽到我的提醒,冬繪輕輕點頭,離開了副駕駛座,她那纖細的背影慢慢地消失在昏暗的小巷中。

我把一個墊子塞在背後,雙手盤胸,仔細聆聽。

黑井樂器大樓裡一片寧靜。

## 5 擦不到的地方

過了約三十秒，冬繪在大樓裡低語。

「三梨先生，聽得見嗎？」

「嗯，聽得見。」

我一時忘記，就這麼雙手交抱著回答，這樣冬繪不可能聽到。我拿起手機，朝著送話器再回答一次。

「聽得見。」

「我剛走進後門，附近有人嗎？」

「別擔心，大樓內沒有人走動。不過，警衛室好像有一名警衛，從剛才就斷斷續續傳出聲響。」

那是間歇性、好像在翻薄紙的聲音。

「應該在看報紙或雜誌吧。妳小心別發出聲音。」

「了解。」

叩叩叩——冬繪慢慢地從走廊前進。我屏息聆聽她的腳步聲。

「差不多快走到右手邊，看到樓梯了吧？妳爬到五樓，就是最頂樓。」

冬繪並沒有回應，不過腳步聲有微妙的變化，我知道她遵照我的指令動作。

「——我上五樓了。」

「首先，從左邊的走廊過去，進入右邊第三間、玻璃門上貼有『企劃部』牌子的房間。那裡通常沒上鎖。」

叩叩叩……，喀嚓。剛才應該是打開「企劃部」大門的聲音吧。

「好，妳應該可以看到三排直列的桌子。」

我的腦海裡浮現當時佯裝清潔工潛入的情景。

在前一陣子的竊聽中，我掌握到該部門一名姓「富田」的課長級男人，對方經常與社長黑井在辦公室裡密談。只不過他們的對話內容老是使用「那件事」、「上次那個文件」等曖昧字眼，無法判斷與盜用樂器設計是否有關。

「左邊那一區的最後面有一個姓富田的男人的辦公桌，他的抽屜……」

喀嚓——又響起跟剛才一樣的開門聲。

冬繪離開辦公室了嗎？

「怎麼了？為什麼出來了？」

喀嚓——又來一次。

「喂，冬繪，妳在做什麼？」

「打不開啊。」

「打不開？可是那道門應該沒上鎖啊。啊……，不，等等。」

我會認為那間辦公室沒上鎖，是因為假日與清潔工一起進去時，門並沒有上鎖。

「對了，那是警衛在當天早上打開的，因為要讓清潔工進去打掃……」

我沒考慮到這一點。這時想想，員工不在的時候，公司內的辦公室如果沒上鎖才是奇怪。不過，此刻站在那道門前面的可不是普通人，而是前四菱商社的員工，應該沒問題。

「鎖打得開嗎？那道門是鎖芯凸輪鎖。」

那種鎖型只要鑰匙表面的凹凸一致，就能打得開。

「我試試看。」

衣服磨擦聲傳來，彷彿小型犬簡短的低吼聲。應該是她卸下背包，拉開拉鍊的聲音吧。

又過了一段時間，只聽得到使用開鎖道具的金屬聲響。我仔細聆聽，靜靜等待她作業完畢。

「OK，門打開了。」

花費時間約兩分鐘多。

「漂亮！進去吧。」

喀嚓——這次真的是開門聲吧。

「你說左邊那一區最後面的辦公桌吧？」

冬繪穿越辦公室的聲響。

「這一張吧。只有右下方的抽屜上鎖，其他抽屜……」

鐵製抽屜滑動的聲音、快速翻動紙張的聲音。

「沒什麼重要文件。」

「好，那妳打開右下方那個大抽屜的鎖。」

「好。」

這次不到一分鐘，冬繪就把鎖打開了。

「如何？有沒有什麼看似跟樂器設計有關的文件？」

「嗯……，我不知道。有各家業者的估價單，還有許多樂器規格圖的檔案。」

「大概有多少？」

「一百張左右。」

「窗邊有台富士全錄（Xerox）影印機吧？全部影印下來。使用影印機時，注意光線不要透出窗外。」

「有件員工外套掛在椅背上，我會用那個蓋住機器。」

機器啟動聲、原稿插入送紙器的聲音。沙沙沙——冬繪放上去的文件，一張張地被影印機吸進去。沙沙沙——紙張吐在接紙器上。

「印好了。」

輕輕整理紙張的聲音、關上抽屜的聲音……。應該是將原稿放回檔案夾，再放進抽屜裡吧。

「抽屜別忘了鎖。」

「我正在鎖。」

「抱歉。只是以防萬一，如果沒上鎖，以後會……」

我停止呼吸。

叩叩叩叩叩……

「不好了，警衛開始巡邏了。」

警衛在一樓走廊中段轉彎，踩著緩慢的步伐上樓了。經過二樓，沒到三樓，也直接通過了四樓……

「喂，來了。」

「別擔心，我會偷偷離開。」

「逃走前，必須從外面將辦公室的門鎖好。如果不上鎖，會被發現有人入侵。」

「已經來不及了。」

「一定要鎖。要是被發現遭到入侵，或許他們會強化保全，那樣就無計可施了。」

我停止說話，聆聽警衛的腳步聲。

「他現在從樓梯走到五樓走廊了，跟妳在同一樓層，接近妳了。」

警衛鏘鏘鏘地甩動鑰匙串，將鑰匙插入第一間辦公室的門鎖，腳步聲立刻在裡面移動。企劃部的辦公室位於樓梯口數來第三間，待警衛檢查過第一間和第二間辦公室，就會來到冬繪所在的辦公室。

「警衛現在走進第一間辦公室了，妳趕快到走廊上鎖門。」

感覺冬繪的動作很迅速。些微金屬聲響，警衛的腳步聲在第一間辦公室慢慢移動，不久又回到門邊。

「中止作業，回到門內。」

鏘——是警衛拿的鑰匙串、開門聲、在第二間辦公室走動的腳步聲。

「趁現在，走到門外鎖門。這是最後機會。」

警衛走進第二間辦公室，慢慢往裡面走去，在那裡駐足了一會兒，叩叩叩……，然後轉身。

「沒時間了。」

慌亂的金屬聲。聽得出冬繪因焦急而打亂了步調，警衛即將步出第二間辦公室，只要走到走廊上，就會看到冬繪的身影。

「喂，冬繪——」

喀嚓，鎖芯凸輪鎖轉動了。

「脫鞋！跑到另一端的樓梯！」

冬繪的腳步聲消失了，警衛靠近第二間辦公室的門，開門、關門、上鎖，在走廊上前進。

步調很規律。

似乎沒有察覺。

我整個人癱在椅背上，罕見地滿臉是汗。

過了一會兒，冬繪回來了。她打開副駕駛座的車門，整個人癱軟似地塞了進來。

「好險……」

「嚇死我了。」

「辛苦了，第一次就不順利。」

冬繪用力喘了一口氣，一臉擔憂地抬起頭。

「對了，三梨先生，我沒帶手套沒關係吧？」

「妳擔心指紋嗎？只要沒發生命案，不會有人去查那個，而且明天是星期六，清潔工正好會來。妳摸過的地方不論是門、影印機或辦公桌，都會幫妳擦得亮晶晶。」

這時候我應該注意到的。

無論再怎麼仔細的清潔工，也有擦不到的地方。

## 6 玫瑰公寓

隔天中午過後，我開著Mini Cooper老爺車到冬繪住的公寓大樓載她，然後又回到玫瑰公寓。

一早，冬繪打電話過來。

「昨晚的文件如何？」

「很可惜都不是。我後來一張張仔細看過，全都跟盜用設計圖無關。」

「這樣啊……，真失望。」

冬繪的口吻聽不出有多麼失望。

「對了，我現在去徵信社可以嗎？」

「來這裡？」

「員工去公司很奇怪嗎？」

「是不奇怪，……只是，妳別嚇到哦。」

「什麼意思？」

「各種意思。」

Mini Cooper離開靖國大道，轉進小巷，慢吞吞地行駛於老舊民房之間，接著停進了玫瑰公寓的停車場。

「原來新宿也有這種地方。」

冬繪一下車，就好奇地環顧四周。這一帶位於新宿區內，不過全都是木造民房及倉庫，對於只認識車站周邊及大馬路沿途景觀的人來說，應該很意外吧。

「三梨先生，那個該不會是狗屋吧？」

冬繪指著公寓大門旁邊。

「啊，那是看門狗傑克。那間狗屋看起來不起眼，不過還挺牢固的。」

傑克是兩年前來到這棟公寓的混種老狗。

「公寓養看門狗也很特別耶。」

「也許吧。喂，妳別靠得太近，那傢伙脾氣……」

我才這麼說，傑克就從狗屋裡衝出來，綁在脖子上的鐵鍊在半空中拉扯，傑克張大了嘴，在冬繪腳邊嗚嗚地低吼。

「嚇我一大跳。」

冬繪摸著胸口，踉蹌地往後退，又突然探頭過去看傑克的狗屋。

「狗屋的屋簷下好像貼著什麼……，撲克牌？」

「黑桃J。」

「J——啊啊，傑克，原來如此。」

冬繪的理解力相當不錯。

「像門牌之類的東西嗎？」

「好像是那個意思。公寓裡有一位住戶叫東平，他很喜歡玩撲克牌，那是那傢伙貼上去的。」

當我們正要從大門玄關走進去時，樓上傳來慢半拍的聲響。

「哦，美男子回來了啊。」

是野原大叔。他的鼻子不好，發不出鼻音。「三梨」聽起來像「美男子」（註），雖然不是故意的，但是還真諷刺。

「大叔，你在那裡做什麼？」

野原大叔從二樓窗戶探出頭，一臉興趣盎然地俯瞰著這邊。

「沒有啊，只是剛好看到你回來。還帶人回來啊，真會裝傻。」

野原大叔用一般人聽不懂的發音這麼說，嘻嘻笑了。我靠近冬繪耳邊對她說：「野原大叔是我師父。當年我離開孤兒院，什麼都不會，我會的偵探術都是他教的，他現在已經金盆洗手，靠年金過日子。」

就在我向冬繪說明的同時，這次換成二樓最裡側的窗戶打開了。一個混濁嘶啞的聲音傳來：「什麼！女人!?」牧子阿婆猛地伸出頭來。

「三梨帶女人回來？漂亮嗎？」

「是啊，非常漂亮。雖然戴著一副很大的墨鏡，看不清楚臉孔，不過身材苗條，頭髮烏黑亮麗。」

野原大叔自顧自地回答。

「太好了，下次送紅豆飯給你。」

「我不要那種東西。」

---

註：三梨的日語發音為minashi，而美男子的發音則為bidanshi，野原含糊的發音使兩者聽起來很像。

牧子阿婆也是玫瑰公寓的老住戶，跟野原大叔一樣，在我搬進來之前，她就在這裡住很久了。

那兩人還在自顧自地聊些什麼，我假裝沒聽到，帶著冬繪走進電梯。

「這棟公寓只有兩層樓，卻有電梯耶。」

「就是因為這樣，我才租下這裡，結果遇上那群奇怪的傢伙。」

我們步出電梯，走在日光燈半壞的走廊上。

「咦，那裡也有撲克牌……」

冬繪一眼就看到用膠帶貼在徵信社門上、已褪色的紅心K。

「剛才傑克的黑桃J我懂，但為什麼你是紅心K？」

「我也不知道，有時候我也搞不懂東平在想什麼。我猜只要是人頭牌，什麼都可以吧。」

「人頭牌？」

「花牌。那些花牌的人頭全都用頭髮遮住耳朵，對吧？我總是用耳機、帽子之類的東西蓋住耳朵，妳不覺得很像嗎？」

我說謊。幸好冬繪並沒有懷疑，雙手交抱胸前，點頭說「原來如此」。

撲克牌表面用鉛筆畫的大叉，在風的摧殘下已經褪色了。然而，每當我看到那淡淡的X，胸口總是一股悶痛。其實，我老早就想撕掉這張牌，但總是沒辦法做，腦海裡總會浮現秋繪的臉，怎麼樣也下不了手。

這時候，隔壁大門被用力打開，我同時聽見兩個聲音。

「三梨大哥，你好。」

「漂亮姊姊，妳好。」

「這次換妳們啊……」

我不由得嘆氣。從２０３號衝出來的是糖美和舞美，一對長相酷似的孿生姊妹，今年就要上小學三年級。

「有什麼事？」

「別那麼冷淡嘛，三梨大哥。」

「我們只是想打聲招呼而已。」

光看臉，我到現在還分不出誰是糖美？誰是舞美？

「剛才，野原大叔從他家窗口叫我們。」

「他說你帶女人回來，叫我們趕快過來看。」

兩個小女孩並肩站在一起，彷彿連體嬰。

「帶女人……，小孩子別那麼講話。」

「人家學野原大叔的嘛。」

「美男子帶女人回來了。」

「要學就學更偉大的人……。好了，快回家。」

看到我揮手趕人，糖美和舞美同時嘟起粉紅色小嘴，露出無聊的表情。兩人一起轉身，走進門內。但不知道哪一個，又突然把頭探出走廊，說了一句「姊姊，三梨大哥就麻煩妳囉」之後，又縮了回去。不久，門的彼端傳來嘻嘻笑聲。

「真的很抱歉。」

我向冬繪低頭道歉，終於打開了２０２號的門。

「我回來了。」

門後面就是櫃檯，那裡算是徵信社的接待處，負責接電話的帆坂坐在櫃檯後面托腮打瞌睡，就像漫畫裡的人物。他的臉很白，而且很長，就像迎風搖曳的豆芽菜。豆芽菜的前面總是打開一張日本全國地圖，只要他坐在這裡，一定會看地圖，有時候是全國地圖，有時候是區域版地圖。據說這是他唯一的興趣。

「讓他睡吧！」

我和冬繪悄悄從櫃檯旁經過，打開後面的門，裡面是我的工作場所兼居住空間。

「你回來啦。」

背後傳來招呼，我們一起回頭。看來是吵醒他了。

「啊……」

發出輕呼的是冬繪。她一看到帆坂，便摀住嘴巴。

「怎麼了？」

「沒有，那個……，沒事。」

冬繪慌張地搖搖頭，推了推臉上的墨鏡。另一邊的帆坂，眨著圓形鏡片後面的眼皮，一邊伸出食指，嘴巴像鯽魚般一張一合地蠕動著。

「三……三梨先生，這人該不會是……，那……那個嗎？你之前說的那個……，那個，就是那個……」

「冷靜一點，帆坂，你不是第一次看到女生吧？我來介紹一下，她就是來工作的冬繪小姐。」

「我是夏川冬繪，請多多指教。」

「我……我是帆坂。」

帆坂低頭致意，下巴都快碰到胸口了。

我帶冬繪進去。

「裡面很髒亂，別介意。」

不過，冬繪似乎很介意。一看到房間裡面，悶哼了一下，臉色很難看。

「妳到那邊的沙發坐吧。」

「沙發？在哪裡？」

「在報紙下面，只有那裡比其他地方高，也比較柔軟，很容易找。」

冬繪花了十秒鐘才找到沙發。她將舊報紙及舊雜誌堆在旁邊，戰戰兢兢地坐下。

「這裡根本不像房間，比較像巢。」

「沒辦法啊。」

自從秋繪離開以後，這七年來我甚至沒想過還會有年輕女孩踏進這裡。

「地上這堆東西是什麼？」

冬繪將手伸到腳邊，撿起一塊兩公分平方的基板，一臉訝異地皺眉。基板上約有四十條被攔腰切斷的各色細電線。

「廢棄零件。像是製作昨晚給妳的工具時，總會出現一些廢棄零件。」

「根本沒丟啊。」

「我想或許還有機會派上用場，所以沒丟。」

也不知道冬繪是否認同，她聳聳肩，換了個話題。

「文件之類的東西，你放在哪裡？」

「什麼文件？」

「跟業主簽訂的契約啦，還有各類文件啊。」

「妳說那些啊，那麼重要的東西，當然有好好保管。不過我對自己沒信心，所以都交給謹慎的帆坂處理。」

「打擾了。」

謹慎的帆坂用托盤端茶進來。他一邊端茶給我們，一邊不時向上翻動眼珠子，窺探冬繪的表情。一看到冬繪對他堆起笑容，他的臉就像煮熟的豆芽菜那麼紅。不對，豆芽菜煮熟了也不會變紅，或許他是特殊品種的豆芽菜。

喝了兩口茶，冬繪站了起來。我以為她想上廁所，結果她說「我也該走了」，讓我有點不知所措。

「要走了？」

她來這裡還不到十分鐘。

「是啊，家裡還沒整理好。」

我說要開車送她回家，她對我搖搖頭。

「謝謝，不過我要順道去買點東西。」

「這樣啊。」

「不好意思。」

冬繪就這樣離開徵信社。我不知所以然地搔著後腦杓，聽著她的高跟鞋聲逐漸遠離。

她究竟來做什麼?

「這麼討厭這裡嗎……?」

還是整棟玫瑰公寓呢?我已經事先警告過她別驚訝了呀。

心裡一直想著這件事也無濟於事,為了轉換心情,我翻了翻角落裡堆積如山的錄影帶。這些都是我所敬愛的義大利電影導演盧西奧·弗爾茲(Lucio Fulci)的作品,我的收藏品。我從裡面選一支,放進錄放影機。像現在這種心情,當然要看《生人迴避》(*Zombi 2*)。弗爾茲的電影多半有許多殘暴的畫面,其中以這部的血腥度最高,內容也很荒誕,是最具代表性的一部。

「三梨先生,冬繪小姐怎麼這麼快……啊!」

帆坂從門的彼端探頭進來,還發出尖叫。他非常討厭血腥與暴力。

# 7 只有大小不同

隔週的星期一晚上，我一如往常，算準其他員工下班之後，靠近刈田的辦公桌。

「抱歉，目前我還無法掌握類似的證據。」

我每天都很認真地竊聽黑井樂器大樓的情況，然而完全沒有收穫，我開始有點焦慮。事成之後的報酬，寫在契約上的那個金額，我怎能放過！

刈田哼了哼彷彿堆了三個沙包的鼻子，抬起那顆禿頭，瞪著我看。

「才一個多月，這也無可奈何，你就花一年好好找吧。」

「對谷口社長的中間報告……」

「我會跟社長說，你向我報告就可以了。」

刈田這麼說，又迅速補上幾句。

「萬一讓某員工撞見偵探向社長報告，事情不就鬧大了？」

「是啊，那可不好……」

不過，其他員工又不知道我的來歷，應該不會有問題。我心裡這麼想，卻嫌麻煩，所以故意沒說出來。

「那麼，我改天再向您報告。」

「嗯，交給你了。」

我走出空蕩蕩的辦公室，按下電梯鈕。當我打算走進電梯時，門的彼端又走出會計部那個姓牧野的女人，跟上次一樣的香水味，看到我就皺眉的表情。她穿戴整齊，但那又如何呢——每次看到這種人，我總會這麼想。

回到玫瑰公寓後，冬繪就站在傑克的狗屋旁，傑克乖乖地坐著，居然還搖著尾巴。原來這傢伙還會搖尾巴呀！

「冬繪——怎麼來了？」

「給老闆送吃的啊。」

冬繪將印有超市商標的白色塑膠袋高舉到我面前。

「吃的？在這裡吃嗎？」

這七年來，我不記得在家裡吃過晚餐。

「有屋頂和地板，應該就能吃飯吧？」

「也不是不行……」

話雖如此，但她上次不是匆匆走人嗎？究竟是怎樣的心境變化？

「我專程買了三人份的材料，可惜帆坂先生好像下班了，我剛才按了門鈴，沒人應門。」

「現在……八點半了啊。」

我靠著暗處的光，看了看手錶。

「應該還沒走遠吧，要不要叫他回來？」

「可是，這樣他會很麻煩吧？」

「他沒這方面的困擾啦。」

我拿出手機，按下「帆坂——員工No.001」的號碼，可是無人接聽。

「那傢伙太沒口福了。」

我收起手機，瞄了二樓並排的窗戶。除了牧子阿婆家，其他戶都亮著燈。

「大家都在……」

牧子阿婆家總是黑漆漆的，所以無從判斷，不過阿婆應該也在家吧。如果一直站在這裡講話，又要被那群人取笑了。

「先上去吧。」

我們搭電梯到二樓，在走廊上走著，我發現徵信社門口放了一個四角形的東西。

「這是什麼？」

是一個保鮮容器，蓋子是透明的，看得見內容物，好像是紅豆飯。

「牧子阿婆還真的送來了！」

「正好，這個也拿來當晚餐吧。」

我們走進徵信社。

「天啊，還是這樣。」

冬繪長長地嘆了一口氣，摘下墨鏡，不斷地眨眼。看到她在屋裡摘下墨鏡，我真的很高興。

「不可能在兩天之內就改變吧？這個樣子都已經幾年了。」

「我快速整理一下，你用鍋子煮水。」

「煮水……，不能用電熱水瓶嗎？」

「熱水瓶不能煮什錦火鍋吧！」

冬繪邊說，邊捲起黑色毛衣的袖子，迅速地從牆邊開始收拾散落在地上的機械零件和垃圾。

「哦，什錦火鍋。」

「對啊，看這些材料大概也猜得出來吧？」

塑膠袋裡有白菜、蔥、蘿蔔、幾種菇類、白肉魚、蒟蒻和木棉豆腐、柑橘醋及七味辣椒，最深處還躺著三罐500ml的罐裝啤酒。

「有卡式瓦斯爐嗎？」

「有是有……，不過，拿不出來。」

「拿不出來？放在哪裡？」

「那裡。」

我拉開廚房頂棚的櫥櫃，指著最裡面。

「七年前，我好像看過它在最裡面。」

老實說，秋繪比我高很多。

「拿不到耶。」

「傷腦筋。」

「沒有梯子嗎？」

「我沒有那種東西。」

「那椅子呢？」

「有一張，不過帆坂帶回去了。」

「說的也是。嗯……」

沒辦法，我只好到隔壁借椅子。

我敲了敲203號的門，裡面齊聲傳來一句「門沒鎖」。我一開門，就看到糖美和舞美並肩坐著，正沉迷於電視遊樂器。

「媽媽還沒下班嗎？」

「她說今天會晚點回來。」

「所以我們可以玩個痛快。」

兩人都對著電視機回答。畫面上，留著唇髭的外國人動作靈巧地擊倒敵人。如果不認識她們，看到這幅光景，一定會懷疑自己是不是眼花了。因為這兩人感情很好地共用一只遙控器。

「妳們還是這麼靈巧……」

「因為也沒別的辦法啊。」

「不這樣就玩不成了嘛。」

「在原地跳躍，」

「光是左右走，」

「也很無聊啊。」

「也沒意義吧！」

「別鬧彆扭，我只是覺得佩服。」

我拍拍她們倆的肩，安撫她們。

「打太久視力會變差哦！可以借張椅子嗎？」

「可以啊，不過你要做什麼？」

「該不會炒了帆坂大哥吧？」

「才不會……，那我借這張囉。」

我拿著椅子回到徵信社，從頂棚的櫥櫃裡拉出卡式瓦斯爐，裝上瓦斯罐，轉動開關，竟然還能點火。我在鍋子裡裝水，放上爐子煮，同時也悄悄回頭，偷看迅速收拾房內的冬繪。垂在臉旁的烏黑秀髮隨著她的移動而搖晃，每一搖晃，都能從髮間微微看到她那雙美麗的眼眸。

「這是什麼？什麼時候穿過的襯衫？天啊，地毯燒出這麼大的洞。」

雖然不停地抱怨，不過冬繪的側臉看起來很愉快。她究竟想怎樣？是察覺到我平常沒有好好吃東西，所以可憐我嗎？還是她原本就是個喜歡照顧別人的女生呢？

看著忙碌的冬繪，看著看著，我發現心底有種溫熱的東西不斷地膨脹。

「別產生那些無謂的期待……」

我在嘴裡喃喃自語，並且深呼吸。

一到冬天，總覺得心神不寧。

我為了讓腦袋裡的東西切換，開始將冬繪帶來的東西從塑膠袋裡拿出來。

「咦——，裡面沒筷子哦。」

一聽我這麼說，冬繪發出驚訝的聲音。

「你這裡沒筷子？」

「不，也不是沒有……」

「如果有，那不就好了？」

「是沒錯啦……」

「當然也有碗盤吧？」

看到我點頭，冬繪擺出略微不解的表情，又開始整理地板。我帶著些許空虛的心情，瞄向流理台下方。那裡收著兩套長時間沒使用的餐具，其中筷子、馬克杯和飯碗的花樣相同，只有大小不同。

小的那一套以前是秋繪用的。

## 8 禍從口出

不久，在垃圾堆的中央產生了一個小空間，瓦斯爐和鍋子就放在那裡。為了不讓味道悶在屋子裡，我們打開了通往接待處的門，面對面坐下，輕輕拿起啤酒罐乾杯。

「我真的可以用這個嗎？」

看著放在面前的碗和筷子，冬繪臉上露出困惑的表情。

「我已經洗過了，應該很乾淨。」

「不是，我不是那個意思……」

「妳別想太多，倒是我覺得不好意思，只有這種餐具，因為我從來沒想過，會有人在這裡用餐。」

什錦火鍋還蠻好吃的，牧子阿婆的紅豆飯也不錯。

只不過，看著冬繪在自己面前用著秋繪用過的筷子，扒著秋繪用過的碗，心底瀰漫著一股寂寥的感覺。我想，冬繪也察覺到這一點了吧，所以彼此之間並沒有產生愉悅的氣氛，只顧著埋頭吃喝，我一下子就喝光了一罐啤酒。

「你們住在一起嗎？」

我們之間突然沒了話題，不自覺地抬起頭後，冬繪像是下定決心地開口問道。她大概想裝作不經意地問，可惜演技太差。我也用三流演技，假裝不知道她在問什麼，才「啊啊啊」地點點頭。

「只有短短的一年。」

「你們分手了嗎？」

「算是吧。」

「是不是你上次說跟我的名字很像的人？」

「對，就是那個人。她叫秋繪……，低頭。」

「什麼？」

「低頭……，對，就是那樣。」

我隔著冬繪的頭，扔出空罐。罐子飛越接待處，撞上大門的那一瞬間，四個聲音同時「哇」地叫了起來。

「——誰？」

冬繪嚇一跳回頭。

「野原大叔、牧子阿婆、糖美和舞美。——喂，快回自己家去！」

四個腳步聲啪躂啪躂地散去。我聽到牧子阿婆的咋舌聲、雙胞胎的對笑聲以及野原大叔說「真小氣」的惡劣態度。

「紅豆飯，謝啦。」

我開口道謝。

「——你什麼時候發現的？」

「一開始。妳剛才在準備火鍋的時候，腳步聲就慢慢聚集過來了。」

「你光聽腳步聲就知道是誰呀。」

「我認識他們很久了啊，除了帆坂的腳步聲以外，我都認得出來。」

我們再度回到什錦火鍋。當我正在思考該講些什麼時，冬繪搶先一步繼續剛才的話題。

「你有沒有秋繪小姐的照片？」

「沒有，她不喜歡拍照，她的個性就是那樣。」

我住在這裡的時候，好幾次想找秋繪合照，她總是拒絕。

「我又不可愛——」

她總會這麼說。但是，我打從心底認為秋繪很美，所以完全無法理解她的心情，到現在還是無法理解。我再怎麼說她漂亮，她就是不肯接受。

「不要講客套話——」

我不知道看過多少次她悲傷地別過頭去的側臉。

「她那麼討厭拍照啊，跟我一樣呢。」

冬繪喝著啤酒，抬頭望著天花板。

「我也沒有半張自己的照片。從小，被大家嘲笑過這雙眼睛以後，我就決定絕不拍照。如果是逃不掉的學校團體照，我會在按下快門的那一瞬間低頭。到現在我連駕照和護照都沒有呢。」

冬繪寂寥地笑了笑。

其實我手邊有唯一一張秋繪的照片，但是我沒有說出口。那是我們倆到福島縣短期旅行時拍的。

在鄉下的角落，有一個舊式圓形郵筒，上面停著一隻鴿子。秋繪瞇著眼，靜靜地看著鴿子。

「我喜歡鴿子——」

我悄悄拍下秋繪的側臉，將沖洗出來的唯一一張照片，小心翼翼地用保鮮膜包好，以免受損，然後放在錢包裡隨身攜帶。

「這世上大概沒有一張我長大以後的照片。」

「那我來拍下這珍貴的一張吧！」

我伸手欲拿起地上的數位相機，冬繪急忙抓住我的手。

「照片真的不行。」

「那我下次找機會偷拍好了。我雖然專門竊聽，但怎麼說也算是偵探，那方面的技術也不是沒有。」

「真惡劣耶。」

聽到冬繪有點撒嬌地這麼說，我不由得笑出聲來。

「真不像前四菱商社員工會說的話。」

冬繪的表情在剎那間僵住了。

糟糕！我心想。

禍從口出，就是這種情況。

## 9 近朱者赤

「——原來你知道那裡的做事方法。」

冬繪的語氣毫無抑揚頓挫，稍微停頓了一下，我出聲回答：

「在這個業界很有名啊。」

「那你為什麼還來找我？這樣不是沒辦法保證我會按照你的指示工作嗎？」

「無法保證這一點，僱用誰都一樣。」

「可是，也不需要刻意找在那裡工作的人。」

「近朱者赤，近墨者黑。」

講完之後，我覺得這不是個合適的比喻。

冬繪過去工作的四菱商社是個惡名昭彰的徵信社，任意破壞徵信社應有的職業道德，員工各自中飽私囊，毫不在乎地做出最差勁的行為。

說穿了，就是勒索。

舉例來說——某男性業主委託四菱商社調查妻子外遇。此時，四菱商社的人會先依照委託內容，調查業主之妻，拍下她的外遇現場。如果是正直的偵探，這時候就會把證據照片及寫好的調查報告交給業主，收取報酬，結束本案。然而那些傢伙並不這麼做，他們會將到手的證據照片，丟給原本被調查的妻子，勒索金錢。當然，他們不會告訴對方是其丈夫委託調查的，在這一方他們只會扮演隨機的恐嚇者。妻子付錢，買下這些照片。徵信社結束與妻子的交易之後，才寫調查報告給業主，也就是這位丈夫，內容是妻子沒有發生外遇，然後再從丈夫手中，收取約定的報酬。也就是一件案子，領兩次報酬。

聽說被要求買下證據的另一方，並不會報警或告訴丈夫，因為四菱商社要求的金額並不多。這個部分，那些傢伙拿捏得很好。這種作法除了用在夫妻之間，也用在譬如女兒結婚對象的信用調查、新招募員工的信用調查或企業的糾紛等等。而且這不是個人的假公濟私，是有組織的作法，勒索到的部分金錢還要繳給公司。在東京都內的徵信社相繼倒閉的同時，只有四菱商社的業績不斷成長，這種情況要說是理所當然，也真的是理所當然。

今年入秋，發生了一件新聞。一些經常在東京都內賓館偷情的男人，紛紛收到了勒索信，內容都是「我們知道您的祕密，在〇月〇日，我們拍到您在賓館裡的照片。如果不想讓這段關係公諸於世的話……」這沒什麼難的，只要找出車子停在賓館的車主，寄出同一封勒索信就行了。令人難以置信的是，聽說每十人就會有一人真的匯錢。匯款帳號是利用戶口名簿違法開立的戶頭，警方到現在還無法掌握特定犯案者。然而，在徵信業界，人人都知道那是四菱商社幹的好事。

「我很想離開……」

過了一會兒，冬繪輕聲說道。

「很久以前，我就有這種想法，不想再幹這種事了，不想再陷人於不幸了。或許你並不相信……」

「不，我相信。」

為了掩飾尷尬的氣氛，我拿起筷子撈起鍋裡的食物。從混濁的湯底撈出來的是煮得過久的蒟蒻絲，不過一吃進嘴裡，卻發現非常入味，真是好吃。冬繪則在已經沒什麼霧氣的另一端，用那雙眼睛仔細地觀察我。

「妳要離職時，四菱商社沒有為難妳嗎？」

現在想一想，做出這種流氓行為的徵信社，怎麼可能輕易答應員工離職。因為這些員工多少都握有不能外洩的情報。

「我是逃出來的。」冬繪回答，「我想，他們應該找不到我。我為了隨時逃脫，原本就用假名在那裡工作。」

「假名——是什麼？」

我並沒有別的意思，只是隨口問問。冬繪無言地搖搖頭，或許她並不願意回想那裡的事情。

「我們用剩下的紅豆飯來煮稀飯吧？」

「應該不好吃。」

「也對。」

於是我們隔著火鍋，沉默了。

「對了，她是怎樣的人？」

冬繪再度提起秋繪的話題，是在夜更深的時候。

「為什麼問這個？」

「不為什麼，只是不知道她是怎樣的一個人。」

地上放著我們後來又去買的八罐啤酒。

「她是普通人。」

「沒照片真可惜。」

我猶豫了一下，最後拿起丟在沙發上的錢包。

「其實有一張。」

冬繪看著我從錢包裡拿出來的照片。我已經不需要看了，一閉上眼，眼底就能清楚地描繪出影像——秋繪站在圓形郵筒旁，左臉朝向這邊，望著鴿子微笑，一頭清爽的棕色長髮筆直地垂落腰際。

「真漂亮……」

冬繪輕聲說道。

「又高又窈窕，真羨慕。」

後來，冬繪將照片還給我，直視著我。

也許這時候我能說出口——我突然這麼覺得。

也許我能說出接近冬繪的真正原因；說出其實要她幫忙是假的，我接近她的真正原因。

然而，最後我還是說不出口。

因為冬繪緩緩地移動上半身，然後印上我的唇。

這世上，真的無法預料何時會發生什麼事。

# 10 東平的神技

在天色微明，還有點昏暗的時候，冬繪走出我家大門。我說要開車送她回家，可是她拒絕了。

「你今天一早不是得去谷口樂器？」

「送妳回去之後，還來得及。」

「不行，睡眼惺忪開車太危險了。」

「好吧。那我今晚開車去接妳。」

「今晚？」

「是工作啦。我想再潛入黑井樂器一次。」

「可是，今晚……」

冬繪別開臉，戴起墨鏡。

「我想把家裡整理好，能不能改天？」

「調查到現在完全沒有進展，所以我想盡快進行……，好吧，如果妳這麼說，那就改天吧。」

我發現自己的業務最優先主義動搖了。這不太好，可別讓帆坂察覺，他太認真了。

冬繪微笑著說「對不起」後，稍微瞄了左右兩邊。

「在被你朋友發現之前，我最好趕快離開吧！」

「是啊，如果被他們撞見，又不知道他們會說什麼了。」

就在這時候，我們看到一個體型龐大的壯男從走廊彼端靠近。不，其實以逼近來形容比較恰當。他穿著短褲、黑襯衫，打著鮮紅領帶，還套著一件紫色夾克。

「哦，是東平。」

「東平——你是說很喜歡撲克牌的那個人嗎？」

「對。他不會亂說話，所以沒關係。別看他那樣，他還蠻可靠的唷。」

東平擺動著短褲底下那雙宛如圓木的粗腿，在走廊上走著，突然抬頭看向我們這邊，滿意地笑了，露出蛀牙的門牙。在剪齊的瀏海下方；寬闊的額頭正中央，寫著一個黑黑的「神」字。那是他自己每天早上用麥克筆寫上去的。

「早，東平，晨間散步嗎？」

東平像是在腦海中反覆回味我的話，過了一會兒才張嘴並點點頭。不過，他好像後來才理解我的問題，接著發出粗獷的嗓音說了聲「啵」。聽慣的人就知道這是表示「沒錯」的意思。

以前，老天爺在東平的腦袋裡稍微動了點手腳，從此讓他喪失了幾種在日常生活上的靈巧度，但也讓他得到了兩種很棒的能力；一項是撲克牌魔術，另一項就是在狗屋上貼黑桃J，在我家門口貼紅心K的能力。或許可以說是……預知能力吧，反正就是一種非常奇妙的才能。

「東平，這位是我的新員工，她是冬繪小姐。你來得正好，幫我們算一下今後的運勢吧。」

「好。」

「哎呀，你幹嘛……」

東平突然彎腰，將手伸進冬繪的手提包裡，因此嚇了她一跳。當東平從她的手提包裡拿出一副完整的撲克牌時，她更驚訝了。

「東平很厲害哦……，妳注意看。」

我後退一步，一副看戲的模樣。

東平大大地張開雙手，用中指和大拇指捏起右手的撲克牌，一直到撲克牌變成U字型。接著，微妙地抖動大拇指，讓撲克牌連續彈到左邊。撲克牌在空中飛舞，揚起的風足以吹動站在一旁的冬繪的瀏海，彈出來的撲克牌一直線地彈到東平的左手，如同被吸入般收進他的大手掌裡。所有的撲克牌都移過去後，這次從左手到右手，以相同的方式移動撲克牌，撲克牌就在瞬間來回移動了三次。冬繪驚訝地張著嘴，目不轉睛。

「這傢伙的占卜還挺準的哦。」

就在我這麼說的同時，東平發出「呼」的一聲。這次，右手的撲克牌如同彩虹般在他面前劃出弧線，移動到左手。這個動作結束後，在他的厚唇上啣著兩張撲克牌。

「只有兩張……，用嘴叼的嗎？」

冬繪以半信半疑的口吻問道。東平「啵」地點點頭，將兩張撲克牌遞給我。

丑牌和黑桃Ａ。

「這是我的運勢嗎？什麼意思？」

不過東平並沒有回答，改盯著冬繪看。他慢慢舉起右手，朝著冬繪比出食指。

「啊，什麼……」

東平輕輕揮動右手，空中便出現一張撲克牌。冬繪雙手接住飄然而下的那張牌。

是鑽石Ｑ。

東平就這樣不發一語地朝著走廊彼端走開了。

冬繪一臉呆然地目送他的背影離去。

「鑽石Q……是什麼意思？」

「不知道，我也不懂。東平好像是以他自己獨特的感覺在卜卦。大多要到後來才能了解他的意思。」

「那就不能算是占卜了啊。」

這樣說也沒錯。

「該怎麼說呢……，比較接近預言？」

# 11 紅心K

當天晚上，我被刈田叫去，當然是在其他員工都下班以後。

「三梨，黑井樂器今晚可能會有動作。」

「怎麼說？」

刈田身上的西裝似乎是高檔貨，他雙手交抱胸前，上身靠著桌子，低聲說：

「其實……我今天中午在附近的咖啡廳，看到他們的企劃部部長，一個叫村井的男人。」

「村井嗎？」

我沒見過，不過聲音倒是很熟悉，他說話語氣很冷淡，沒什麼感情。

「他坐在咖啡廳角落，神祕兮兮地用手機講話。我很好奇，所以走到附近偷聽。雖然無法掌握對話內容，不過聽到村井提到『設計』啦，『盜取』之類的字眼。」

哦！我心想。或許調查終於有進展了。

「村井掛電話之前還說，『那麼今晚十點辦公室見』。我應該沒聽錯，雖然不是那麼有把握……」

我看了看錶，現在還不到九點。

「知道了，今晚我會特別謹慎監聽。」

刈田以那雙鬥牛犬般的眼睛盯著我，再度叮嚀：「拜託囉！」下巴那塊脂肪很厚的肥肉被擠在領口。

「我馬上過去。」

我抓起大衣，搭上電梯。監聽黑井樂器大樓內部的聲音，頂樓是最適合的地點。當然也可以在這棟大樓裡監聽，白天我都那麼做，然而厚重的外牆，一道與兩道，聲音的清晰度還是差很多。

我走出頂樓，還真不巧，今晚冷風颼颼。

我豎起大衣領子，走向鐵絲網，凝望對面的黑井樂器大樓，有幾扇窗還亮著燈。真等不及到十點，究竟能聽到什麼?這件大案子會有什麼進展?

我拱起一手放在頭側，仔細聆聽，斷斷續續聽到黑井樂器員工的對話內容。

「……每次一發現，就是這樣……」

「……是啊，年底到處都人滿為患……」

「……反正最後就是使出睡功……」

「……國家策略……」

「……聽說把腳抬高，睡硬枕頭很好哦……」

後來，我聽到兩個男人的對話。

「辛苦了。」

「辛苦了……，咦，哪是什麼？這麼大的袋子。」

「是啊，裡面裝了一隻猴子。」

「我看看……，哈哈哈，還真的耶，你中午去買的嗎？」

「我怕下班後，店家都打烊了。」

「是啊，都這個時間了。這是要送給你家小兒子的吧？」

「是啊！聽說這東西目前很搶手，其實我也不是很清楚。」

「你真是個好爸爸。」

原來是玩偶啊！

「咦？喂，這隻猴子只有一隻眼睛，是瑕疵品吧？」

「你在開玩笑吧？」

「你看，一邊眼睛這樣啊。」

「牠在眨眼睛啦，眨眼睛。」

「對哦……，真的耶。」

獨眼猴——

這個字眼唐突地跳進我耳裡，深深攫獲我毫無準備的心。

獨眼猴，那個奇妙的故事。

歐洲有這樣的民間故事——

「地下之耳」的老闆那陰鬱的聲音，彷彿從夜空中傳來。

（日本也有類似的民間故事，不過不太一樣。）

（從前有九百九十九隻猴子……）

（那些猴子都只有一隻眼睛……）

（三梨先生，你覺得那些猴子失去了什麼？）

（你覺得他們失去了什麼？）

「工作中，工作中……」

我故意出聲告誡自己，將腦海中多餘的念頭趕走。我深吸了一口冷冽的空氣，再度專心聆聽。

剛才那兩人正好聊到有趣的話題，雖然跟現在的工作沒有直接關係，不過是值得一記的情報。

「對了，前不久我參加一場社外研討會，一名女講師講了一件耐人尋味的事。她說，人類之間的溝通，聲音和語言並不是那麼重要。」

「什麼意思？」

「就是說聲音和語言並非那麼有用。根據那名講師的說法，人與人之間所傳達的訊息，聲音佔了兩、三成，語言頂多佔一成。」

「這樣啊，那剩餘的六、七成是什麼？」

「語言和聲音以外的東西——譬如表情、動作之類的啊。」

「也就是說，光聽對方的聲音，無法了解對方真正的意思嗎？」

「對，沒錯。相反的，聲音也容易製造謊言。」

「原來如此，我學到了。」

我也學到了。

「那麼，我先走了。」

「希望你兒子喜歡你送的禮物。」

環顧四周，都會的燈火彷彿無限繁殖的夜光蟲，在深夜蠢蠢欲動。右邊的JR帶著一道道四角光線，疾駛而去。在那道光線之中，一定擠滿了一張張如同水餃般愁眉不展的臉龐，還有雙手緊抓吊環、醺醺然的醉漢吧。遠處傳來汽車的喇叭聲，喧囂的都會亮起了霓虹燈，在霓虹燈後方，小小的東京鐵塔浮現在遠方。

「那天晚上也好冷……」

我想起兩年前的那個冬夜。

那一夜，東平在公寓前專注地做著什麼。不知他從哪裡買來美耐板，然後用那雙不甚靈巧的手敲打鐵槌，好像在做狗屋之類的東西。——公寓裡根本沒有狗，問他原因，他只是把話含在嘴裡，支支吾吾地，根本不理我們。那壯碩的雙肩冒著熱氣，額上那個「神」字也因為汗水而模糊。到了深夜，一座不怎麼樣的狗屋總算完成了。在左右不對稱的屋簷下，一張黑桃J孤伶伶地被圖釘釘在上面，就是現在看到的那張撲克牌。

隔天早上，一隻流浪的老狗從公寓前經過，被車子撞到，我們緊急將狗送到醫院急救，可惜狗的半邊臉被撞爛了，一隻眼睛救不回來。我們決定將狗養在東平蓋好的狗屋裡，並將牠取名為傑克。此時，公寓裡的住戶開始相信，將One-eyed Jack——獨眼傑克的撲克牌釘在狗屋上的東平，擁有不可思議的特異功能。

不過，我早就知道他有超能力，只是沒告訴任何人。我在那件事發生的五年前，發現了東平的才能。

距今七年前——我還與秋繪同居的時候。

那件事也是發生在冬天。

我結束工作回來時，突然看到徵信社的大門被貼了一張紅心K。我站在走廊上百思不解，雖然知道是東平貼的，但完全不懂這張撲克牌的意思。

幾天後，秋繪離開我家，上吊自殺了。我透過友人得知秋繪的死，完全失去活下去的力氣，突然覺得過去的人生虛無……

「不，不對……」

那時候我記起自己的人生是虛無的，我連住在一起的人想什麼都無法理解。秋繪為什麼突然離開？為什麼選擇死亡？我完全摸不著頭緒。周遭事物突然變得一片慘淡，虛無縹緲，除了沉痛的哀傷，我的世界不剩下任何東西。小時候失去了父母，被朋友嫌棄，還被取綽號嘲笑，我一直都是孤單過日子。也許正因為如此，我才沒有理解人心的能力吧。裝成專搞竊聽的偵探，開了一家小小徵信社，日復一日地竊聽他人的聲音，其實根本沒有善用自己的特殊才能——這樣的工作，就連無法理解別人心理的人也做得來吧。

我這麼認為。

得知秋繪死訊之後的那一天，我在「地下之耳」喝得爛醉，半夜回到徵信社，決定追隨秋繪的腳步，上吊自殺也好，割腕自殺也罷，我打算趁酒醒之前，在家裡結束生命。

「你在幹什麼？」

東平就站在門口。一看到我，便拿出鉛筆，開始在門上那張紅心K上面畫些什麼。他用鉛筆重複相同的動作，描繪相同的線。

「喂，東平……」

原來，東平在塑膠撲克牌的表面，專心描繪一個黑色的大X。

「你在幹什麼？」

東平停下手，轉向我這邊，動也不動地看著我，然後輕輕搖搖頭，彷彿在說「不可以」。那時候，我終於想到了，紅心K又名Suicide King——自殺國王，卡片上的圖案看起來像是國王拿著短劍刺自己的頭，因此有這麼不吉利的稱呼。

將紅心K貼在門上時，東平預測到秋繪會自殺。此時，他正拼命阻止我自殺。

「知道啦——」

我笑著對東平說道。

「我不會尋死的啦！」

於是，我決定活下去。

那張撲克牌，直到現在我都沒撕下來。

現在想想，不知為何，每次只要有事發生，總是在冬天。父母遭大雪活埋喪命、傑克被車撞傷、秋繪上吊自殺身亡；我是在冬天認識冬繪的。我記得以前拜野原大叔為師時，好像也是在最冷的時候。或許如此，每年一到冬天，我總覺得心神不寧，因為相聚離別總是發生在寒冷的季節。

黑井樂器的員工一個接一個離開大樓。我呼著熱氣，焐暖雙手，靜靜等待。最後，大樓內不再傳來對話聲，稀稀疏疏的腳步聲也都消失了。警衛室裡還有輕微的電視聲響。我隔著鐵絲網，瞇起雙眼，燈光大多都熄了，只有五樓的某處還有一扇窗亮著燈，那裡是企劃部。我在黑暗中瞄了手錶一眼，九點五十五分。

此時，手機響了。

不是我的，而是黑井樂器大樓裡的某支手機。

「喂——」

這男人的聲音我聽過，看來響的是企劃部部長村井的手機。

我把精神集中在耳朵，從村井手機隱約洩漏出來的聲音，判別對方是女人。

「啊，是田端嗎？什麼？妳從樓下的公共電話亭打的……，好，沒問題，現在公司裡只剩下我，我先把警衛支開，等我一下。」

接著是手機擱在桌上的聲響，答答答！按三次鈕的聲音。他似乎在撥打桌上的內線，警衛室的電話響了。

「這裡是警衛室。」

「我是企劃部的村井。能不能麻煩你一下，我剛才從窗戶往外看時，看到一個男人在大樓附近徘徊，鬼鬼祟祟的。」

「是嗎？那可不得了，在哪一帶？」

「好像在大樓周邊走來走去。不好意思，麻煩你去看一下，你也知道，這一帶並不寧靜。」

「知道了，如果有可疑分子，我會把他趕走。」

「拜託你了。」

通話結束。一陣急促的腳步聲響起，警衛離開了大樓。

「喂，田端，警衛出去了，妳從後門進來。」

有人走進大樓，好像穿著高跟鞋。電梯動了，停了，又傳來高跟鞋聲，在五樓的走廊上步行。

「停下來了——」

那個腳步聲停在某處，應該是村井所在的企劃部門口附近。

叩叩叩，硬物敲打牆壁的聲音。

「咦，田端嗎？警衛不在，對吧？我把他支開了。喂，妳在幹嘛？」

村井的腳步聲穿越辦公室。

「妳在幹什麼？」

靠近門邊。

「田端？」

喀嚓——門開了，衣服磨擦聲，類似老鼠被踩死前的簡短叫聲，龐然大物倒地聲。

然後，寂靜無聲——

高跟鞋聲在寧靜的走廊上逐漸遠離，電梯動了，又停了，高跟鞋聲慢慢地離開大樓，

然後……

從那之後，再也沒有任何聲音。

「怎麼回事？究竟……」

我隔著鐵絲網，盯著黑井樂器大樓。只有企劃部的窗戶還是那麼明亮。

「發生了什麼事……」

# 12 丑牌和黑桃A

終於，一個腳步聲走進大樓。有人拿起警衛室的話筒，按了三個號碼……，企劃部的內線響了，但是無人接聽。

「咦……村井部長走了嗎？」

剛才那個警衛的聲音。

我又等了二十分鐘，但是什麼也沒發生。

「情況如何？」

後面突然有人叫我，嚇得我趕緊回頭。刈田就站在我旁邊。

「怎麼，嚇到你了嗎？原來你也會忽略接近的腳步聲啊！」

「真丟臉……，我似乎太專心監聽黑井樂器那邊了。」

刈田遞給我一只冒熱氣的馬克杯。他好像用辦公室的咖啡機煮了咖啡。我道謝後，接過馬克杯。

「您還在啊？我以為您已經下班了。」

「我很擔心黑井樂器的事，一直走不開。」

刈田挺直腰桿，瞇起眼望向黑井樂器大樓。

「情況怎麼樣？有動靜嗎？」

「有，開始了，感覺好像已經結束了。」

「結束……，結束什麼？」

刈田一臉訝異地看著我，我只是曖昧地搖搖頭。

「總之，明天會正式向您報告，我還想多觀察一下。」

「是嗎？好吧，那我也該下班了。辛苦了！」

刈田轉頭離開。我喝著咖啡，再度望向黑井樂器大樓。託這杯咖啡的福，稍微暖和了我凍僵的身軀。

接下來還是一片寂靜。

再度出現情況是在凌晨一點半，警衛開始巡邏大樓內部的時刻。從樓梯走上五樓的警衛，似乎很訝異企劃部辦公室的燈還亮著，腳步聲朝那裡筆直走去。

「咦？啊，村井部長？咦，村井部長……，您怎麼了？啊？」

下一瞬間，一陣嘹亮的尖叫聲響起，緊接著是從走廊跑開的急促腳步聲，警衛匆忙跑回警衛室，慌張地撥打電話。

「有人死了……，被殺的……，對對……，什麼？應該是被刺死的……，是……」

響著警笛的警車不到十分鐘就趕到了。

從警衛那裡聽取狀況的是一個姓武梨的刑警。面對警衛不得要領的說明，武梨刑警在中途多次提問，很有耐心地確認事情始末。在聽完所有的說明，他向另一個似乎是主管的刑警回報。

「谷尾前輩，看來這似乎是一起計畫性謀殺。」

「為什麼這麼認為？」

谷尾刑警以探試的口吻反問。

「晚上十點左右，被害人村井曾打內線到警衛室，當時被害人表示『有可疑男人在大樓附近徘徊』。警衛接到通報後，從後門走出大樓確認，不過並未看到所謂的可疑人物。當他回到警衛室，打算用內線向被害人回報時……」

「對方已經死了，所以沒接電話？」

「正是這麼回事。警衛從後門出去時，並沒有鎖門。據說是忘了鎖。」

「原來如此。也就是說，兇手在大樓周圍徘徊，故意讓被害人看到。趁被害人聯絡警衛外出確認時，再潛入大樓內部，刺殺被害人，然後離開。」

「對，應該是這樣。警衛回到大樓，並沒有對被害人沒接電話起疑，仍舊坐在警衛室內，他以為被害人已經下班了。然後，就在凌晨一點三十分，他離開警衛室到大樓內部巡邏時……」

「發現了被害人的遺體。」

「沒錯。」

「對了，武梨，提到電話……，你應該查過被害人的通聯紀錄吧？」

「當然啦，最近啊，這東西對初步調查最有幫助。我看看……，被害人的通聯紀錄，不論接或打，每天都有很多通，看起來相當忙碌。不過，幾乎都是登錄在手機內的號碼，找得到對象，都是工作上的對象。」

「幾乎是什麼意思？」

「今天……，不，應該算是昨天了，被害人遇害當天的中午過後及晚上十點以前，分別接到一通從公共電話亭打出來的電話，兩通都不是未接來電，全都與被害人通過話。」

「哦，或許有某種關聯喔。」

這兩人應該搭檔很久了吧，相當有默契，雖然完全搞錯方向。

兇手應該是那個叫田端的女人吧。根據刈田所說的推測，很可能是村井中午在附近的咖啡廳講電話的對象。對方中午打給村井，要求他晚上十點待在辦公室。到了那個時間，對方又從公共電話亭打電話給村井，確認他人在公司，而且辦公室裡已經沒有其他員工。對方在電話裡要求村井支開警衛，然後大搖大擺地走進大樓裡下手，隨後離開。

「真高明……」

看來，連運氣也站在她這邊。村井告訴警衛有「有個男人鬼鬼祟祟」，因此警方暫且推定兇手是男性，並往這個方向調查吧。如果沒有發現新的線索，田端這名女性也不會浮上檯面。

「不過，她一定沒想到在馬路對面的大樓裡，有個傢伙聽到整起命案的始末吧……」

我還是第一次用這對耳朵聽到人死亡的瞬間。

不過，根據刈田在咖啡廳聽到村井的交談內容來推斷，那個姓田端的女人應該與盜用樂器設計有某種關聯，村井才會支開警衛吧，因為是不可見人的關係，所以不想讓別人知道他們見過面。

但是，為什麼會發生命案？就算起內鬨，要預謀殺害對方，一定有很大的原因。

我發現自己似乎捲入一起奇妙的命案。

「谷尾前輩！找到凶器了！」

我突然聽到這句話。是武梨刑警的聲音。

「找到了嗎？在哪裡？」

「在附近的垃圾集中處，是一把菜刀，血跡斑斑，放在信封裡捲起來。」

「什麼樣的信封？」

「這個嘛，白色素面信封。」

「找得到指紋嗎?」

「很可惜,根據鑑識科表示,菜刀和信封都驗不出指紋,嫌犯好像用布擦過了……,啊,請等一下,鑑識科來電……喂,嗯……是嗎?什麼?好好,嗯,好,詳細情況待會兒再說。——谷尾前輩!太好了,有斬獲!」

「找到什麼?」

「有個部位沒擦到,在放凶器的信封口內側,找到一枚沒擦掉的指紋。這起命案或許很快就能偵破。」

我繼續聽了一段時間。但是,接下來並沒有進展。

「啊,原來如此。」

此時,我突然想起東平的撲克牌。

「丑牌和黑桃A……」

今天早上遞給我的那兩張牌,我終於了解它們的意義了。

黑桃是劍的標誌,應該是指凶器吧,而丑牌應該就是指村井。也就是說,那兩張牌預測村井今晚會被殺害。

「那傢伙的預知能力果然是真的……」

這麼一來,我很想知道遞給冬繪的那張鑽石Q究竟是什麼意思?東平給我的預言實現了，讓我更加好奇了。

盯著鑽石的皇后，究竟是什麼意思？

冬繪正做著撿到鑽戒的夢嗎？

還是正從大樓的窗戶觀測星星呢？

# 13 鑽石Q

隔天早上，我等到谷口樂器開始營業的九點一到，打了一通電話到企劃部。我請刈田接聽，向他報告昨晚發生的事。刈田非常驚訝，但是可能怕被其他員工聽到，只是偶爾發出「啊」或「咦」之類的簡短回應，此外就是沉默地聆聽。

「我今天不過去了，徵信社有些事情必須處理。」

「啊，好。不過，三梨，我們該怎麼辦？今後對那件事的處理……」

「這個嘛……」

我不知道該說什麼。

「總之，我會再跟您聯絡。」

我只說了這句話，便掛斷了電話。

徵信社裡幾乎沒有需要處理的事，需要處理的是自己的思緒。

老實說，我腿軟了。再怎麼說，也發生了一起命案。若再跟黑井樂器有瓜葛，並不聰明，可說是愚蠢至極。命案與偵探，兩者非常合不來。命案百分之百會出現警察，而偵探幾乎不擅長應付警察。有時候會有那種搞不清楚狀況的傢伙，委託徵信社調查命案，開什麼玩笑！每當有人委託我這種事，我都斷然拒絕。一不小心被警察盯上了，以後就別想再幹偵探了。再說，警察非常習慣調查命案，而且還免費，為什麼那些人還要找偵探來插一腳？我實在無法理解。

「早！」

我正在思考時，帆坂來了。

「咦……，三梨先生看起來很累耶，要不要幫你買罐提神飲料？」

「不用了，我沒事，只是沒睡飽。」

「你又在看那種噁心的片子吧？」

「差不多。」

帆坂太愛胡思亂想了，我決定不告訴他昨晚的事。

我等帆坂在櫃檯坐好，便打了通電話給冬繪。我低聲簡述情況後，她立刻趕來了。

我和她商量今後的事。

「那麼大一筆報酬很可惜，不過要是不小心被警方盯上，那就不妙了。如果警方真要找麻煩，我也不是沒有把柄在他們手上。妳也一樣，特別是妳，可能會被挖出在四菱商社時代做的不法事情……」

我一時嘴快這麼講了之後，急忙又補了一句。

「雖然妳現在做的是正常工作。」

「深夜非法入侵算是正常工作？」

「只是一種比喻啦。總之，我認為應該放棄這個案子。所以，想聽聽妳的意見。當然，之後還是會付妳薪水，但如果妳對於中途放棄有意見的話……」

「打擾了。」

帆坂捧著托盤進來，上面放著一個茶壺和兩只茶杯。冬繪不著痕跡地戴上墨鏡，遮住了眼睛。

「日本茶好嗎？」

「謝謝，我來吧。」

冬繪欲伸手拿取，帆坂那張豆芽菜臉笑開了，搖搖頭說：

「我來吧，冬繪小姐請坐，這是我的工作啊！」

帆坂靈巧地倒好茶，等他出去之後，我們再度低聲交談。

「至少這件案子應該暫時中止，過一陣子，警方也不會再出入黑井樂器了吧。」

「暫時是指多久？」

「應該不會太久。剛才跟妳提到那個叫田端的女人，遲早會被逮到。」

「為什麼這麼認為？」

冬繪的口吻異常平淡。不知為何，自從她來到徵信社，一直都是這種口吻。彷彿謹慎地測量自己與周遭人事物的距離。然而，當時的我，沒有餘力注意她的反應。

「為什麼……。妳想想，如果那個叫田端的女人有前科或曾經違反交通規則，她的指紋一下子就能從資料庫調出來比對了，不是嗎？而且，根據昨晚刑警的談話，目前似乎認為兇手是男性，或許他們會從殘留在信封上的指紋查出兇手的性別，發現兇手不是男人而是女人。我不知道田端這女人的體型，不過，要是她的手指很纖細，從指紋的形狀……」

冬繪摘下墨鏡，瞪大了眼，一直盯著我。她的下眼瞼有很深的黑眼圈。

「怎麼了？」

「什麼信封的指紋？」

「啊？哦，抱歉，我以為跟我們無關，所以剛才沒有特別提到。」

我向冬繪說明警方在裝有凶器的白色信封上，找到一枚疑似兇手的指紋。結果……

冬繪突然渾身僵硬，顯得非常驚訝。

「怎麼了……，妳怎麼了？」

冬繪只是搖搖頭，什麼也不說，接著突然站起來。

「抱歉，我先走了。」

「啊，為什麼？」

「再跟你聯絡。」

冬繪匆忙地戴起墨鏡，快步離開房間。

「咦，要走了嗎？」

冬繪也沒理會帆坂，就這樣離開了。

「怎麼回事？」

我也忘了追她，只是呆坐在地上，啞口無言。

腦海裡，鑽石Q不停地飛舞。

下午，我離開徵信社，開著我的Mini Cooper，往黑井樂器大樓方向駛去。因為我突然很在意警方的搜查進展。

我從青梅街道轉進小路，看到兩輛警車停在黑井樂器大樓前，後門有大批嘴裡吐著白色霧氣的制服警員進進出出。我先從大樓前經過，然後在不被懷疑的距離下，把車停在路肩。天色有點昏暗，感覺好像變天了，是下雪？還是雨？雲沉重的顏色，助長了我心底不祥的預感。

「那麼，武梨，這條線索沒錯吧？」

這聲音我聽過。回頭一看，在小路的彼端，有兩個男人並肩走來，身上都穿著皺巴巴的大衣。

「沒錯，這是鑑識科的判斷，從傷口的形狀……」

突然，我的視線與其中一人對上。他停止說話，躬身窺探我。另一人則面向我這邊，懷疑地抿起嘴。我立刻錯開視線，不過這兩人還是一直盯著我。我打打呵欠，搔搔鼻子，等待他們對我失去興趣。

不久，兩人沉默地再度邁開步伐，從黑井樂器大樓的後門走進去。

那兩人應該是昨晚的刑警吧。谷尾和武梨，身為主管的谷尾，黝黑的額頭上有明顯的皺紋，微微駝背。而部下武梨的聲音低沉，有點沙啞，還有一張像茄子般光滑的娃娃臉。不論名字或年齡，都很難判定。

兩人在大樓內再度開口，他們的交談聲我聽得一清二楚。

「谷尾前輩，剛才那個人在車上為何要戴那麼大的耳機？」

「大概是音響壞了吧。」

「你不覺得很可疑嗎？說不定耳機底下藏著什麼奇怪的東西。」

準。

「你覺得他藏了什麼？」

「譬如竊聽器之類。」

答錯了，不是竊聽器。

「推理小說看太多了啦，怎麼會有人大膽到偷聽警方調查呢？」

又錯了。

「別理這個人了。武梨，回到剛才的話題，那把菜刀確定是凶器嗎？」

「確定，從被害者傷口的形狀來看，應該不會錯。」

「信封上的那枚指紋，找到符合條件的人嗎？」

「聽說警局的資料庫裡找不到。」

「這樣啊。但是……，兇手究竟在找什麼？」

找東西？

「是啊，根據企劃部那個姓富田的人所述，在兇手留下指紋的那個抽屜裡，並沒有遺失任何東西，而且那裡本來就沒有放任何重要文件，只有業者的估價單及樂器規格圖的檔案。」

「但是，兇手專程打開那張辦公桌的所有抽屜，甚至還打開最下層那個抽屜的鎖，找裡面的東西喔。」

「那個富田聽到鑑識人員說抽屜有被撬開的痕跡，表現得很驚訝呢。」

「鑑識科也真厲害，還能發現那麼細微的痕跡。」

「如果沒有那個，也找不到兇手的指紋。」

「一般是不會採集抽屜內側的指紋。」

「不過也真奇怪。兇手殺了人，還翻了辦公桌的抽屜，而且只翻了一個抽屜。但是抽屜的主人卻說裡面沒放什麼重要文件。」

「真是的，兇手的目的究竟是什麼……」

「嗯……」

兩人沉默了。

怎麼回事？辦公桌的抽屜裡驗出兇手的指紋？在企劃部富田的辦公桌？這不是在下雪的夜裡，冬繪潛入調查時查看的那張辦公桌嗎？

（對了，三梨先生，我沒帶手套沒關係吧？）

（妳擔心指紋嗎？只要沒發生命案，不會有人去查那個，而且明天是星期六，清潔工正好會來。妳摸過的地方不論是門、影印機或辦公桌，都會幫妳擦得亮晶晶。）

的確，幾乎留下的指紋在清掃時都被擦掉了。然而，清潔工卻沒擦到抽屜內側。這也沒什麼好奇怪的，沒有清潔工會仔細到那種程度。可是……

「兇手的指紋？」

我就這樣坐在車內，整整一分鐘，瞪著眼前的擋風玻璃。

（那我今晚開車去接妳——）

（是工作啦。我想再潛入黑井樂器一次——）

昨天早上，我這麼對冬繪說道。

（我想把家裡整理好，能不能改天？）

冬繪有點不自然地這麼回答我。

我從大衣裡拿出手機，找出〈冬繪——員工No.002〉，打算按下通話鍵。可是，我按不下去，心底充滿了不明確的不安。

我取消調出來的紀錄，改按三個號碼。

「非常感謝您的來電，104的木下在此為您服務。」

「我想查千代田區，一家叫四菱商社的徵信社電話。」

（妳要離職時，四菱商社沒有為難妳嗎？）

「千代田區的四菱商社嗎？請稍候。」

（我為了隨時脫逃，原本就用假名在那裡工作。）

「讓您久等了，非常感謝您的來電。……您查詢的電話號碼是0、3、3、2……」

我掛斷電話，以不顯示來電的方式撥了剛才得知的號碼。

「這裡是四菱商社。」

「我想委託調查。」

「請問是什麼內容？」

「我以前也委託過貴公司做信用調查。當時那個負責人做得很好，所以我這次也想找同一個人。」

「這樣啊，是哪一位？」

「是一位女性，總是戴著墨鏡，應該是……田端小姐吧……」

講完之後，我在心中祈禱，祈禱對方很不可思議地告訴我，沒有這個人。然而……

「田端啊，很抱歉，田端現在隸屬特殊部門，不接一般客戶的委託哦。要不要找其他人呢？敝公司的員工都是值得您信賴的……」

我握著手機的手慢慢地垂落，我只是毫無感覺地眺望著擋風玻璃。「喂……喂……」彷彿飛蟲振翅的聲音從手機裡傳出來。

鑽石Q。

鑽石代表金錢。

鑽石Q。

# 14 怎樣的標準

傍晚，刈田來電，詢問我打算如何處理昨晚聽到的一切。

「目前，我不打算告訴警方。如果我去報警，對你和谷口社長都不好吧！」

「嗯，沒錯啦……，我們僱用你竊聽競爭對手的事會被揭露……」

刈田在電話彼端低聲說：

「但是，這樣下去不太好吧，你不是說警方弄錯了，以為兇手是男人。」

「不管怎樣，再給我一點時間，我要好好想一想。」

然後，我獨自盤腿坐在徵信社，等待冬繪來電。我實在無法拿起電話打給她，因為我不知該從何說起。腦袋裡的腦漿好像換成了灰泥，沉重混濁。那團灰泥究竟是什麼，我自己很清楚，除了對冬繪的懷疑，不作他想。

帆坂似乎很擔心我的情況，不時從櫃檯探頭看我，好幾次問我是不是有什麼煩惱，但是我不想讓他操心，每次都搖搖頭。帆坂總是一臉落寞地走回櫃檯。

從窗外照進來的光線變成了橘色，然後逐漸淡去，最後消失無影。到了比平常晚的七點左右，帆坂開始收拾桌面，準備下班。

突然間，我發現窗外有雨聲。

「要送你回去嗎？」

我問道。帆坂笑笑地說沒關係。

「我會穿雨鞋回去。」

「怎樣的雨鞋？」

「開玩笑啦，我會抓緊雨傘，不用擔心。」

帆坂在大門口回頭看我，臉上是我從沒看過的哀戚表情。

「三梨先生，我對你有幫助嗎？」

這麼唐突的問題，讓我一時說不出話。沒想到帆坂似乎誤會我的沉默，表情更顯哀傷，說出非常無聊的話。

「如果我妨礙到你，請告訴我，那麼，我會去找別的工作……」

「你那張臉已經很像豆芽菜了，不要連話都講得像豆芽菜！」

我不自覺地凶了起來，阻止他說下去。帆坂喃喃自語「豆芽菜……」再度望著我。我趁機向他說明白。

「別看我這樣，好歹我也是個經營者，我愛用怎樣的標準挑選員工是我的自由，對吧？管他是喜好，還是個性，都隨我高興。」

「可是……」

「沒有什麼可是。如果你再說出剛才那種話，我就請你走路。給我記住哦，我會用力把你扔出去。」

帆坂低著頭，在嘴裡叨念著什麼，過了一會兒，才抬起頭說：

「辛苦了，我先下班了。」

帆坂回家了。他在走廊上回頭看我，對我展開豆芽菜臉的笑容。我送他一聲「哼」。

整晚敲打窗戶的雨聲，直到黎明才停歇。結果，我一夜無眠。

# 15 東平的謎題

早上八點，帆坂來上班了。

「早！」

他活力十足地道過早安，窸窸窣窣地翻動包包。那是一個肩揹包，他總是帶那個包包來上班。他不斷地推著圓框眼鏡，從包包裡拿出最喜愛的日本地圖及一只白色塑膠袋。

「三梨先生，昨天家母送了叉燒肉過來哦。你之前吃過，不是很喜歡嗎？我們再來吃吧，真的很好吃喔。」

帆坂的母親住在北陸鄉下，他父親在他還是學生時，突然撒手人寰。母親在帆坂兩個念國、高中的弟弟的協助下，辛苦耕耘丈夫留下的那塊地。帆坂說過，家裡總是人手不足，每天忙到沒空休息。因此，帆坂才會不顧周遭人反對，一意孤行地上京。他每個月固定將部分薪水寄回家。這裡的薪水是以出勤天數計算，因此無論我叫他休息，他還是每天來上班。身為老闆，我當然很高興有這樣的員工，但是有時候也會擔心他的身體。

「叉燒啊……」

我一站起來，因為長時間維持同樣姿勢，因此膝蓋的關節發出劈啪聲。

「什麼時候送來的？」

「啊？昨天啊！」

「你昨晚九點才離開這裡，怎麼收得到包裹？」

「我回家發現門口夾著宅配的招領單啊！」

「那個時間業者也不會送貨吧！」

「啊，我自己去宅配公司領的啊。」

「騙人。」

帆坂一邊搔著細長腦袋，一邊低下頭。

「我看你昨天沒什麼精神……，我想，吃點喜歡的東西應該可以恢復活力……」

帆坂有時候會說出這種善意的謊言。但是，他說謊的技巧真的很不高明，沒有一次不被我拆穿。

「那我就不客氣了。」

我接過裝有叉燒肉的塑膠袋。這一定是他昨晚自己辛苦做的吧。

「是真的很好吃哦。」

「我想也是。」

這時候，我覺得自己在這裡煩惱真的很可笑。

「好，今天休假一天，把鄰居都叫來，大家一起吃美味叉燒吧。我們來開叉燒派對。」

「啊？可是……」

「別擔心，我給你有薪假。」

帆坂高興地擊掌。

「對了，也找冬繪小姐過來吧，我想讓她吃吃看我做的叉燒肉。」

居然無意間，找到了主動聯絡冬繪的藉口。

整個早上，我盡可能把房間打掃乾淨，也順便整理弗爾茲的作品集，稍微收拾了一下錄影帶。

大約中午，野原大叔和牧子阿婆各拿了一公升裝的日本酒過來了。

「怎麼樣？整理好了嗎？」

牧子阿婆一踏進房間，很懷疑地揚起單邊眉毛。野原大叔立刻搖搖頭。

「沒有，還是那麼髒。」

「襯衫是不是丟得滿地都是？」

「全都堆在角落了。」

「三梨，你這樣下去會娶不到老婆，找不到女朋友哦。」

「囉嗦啦，乖乖坐下就是了……」

「帆坂老弟，你每天都待在這裡看地圖，可是會發臭，交不到女朋友哦。」

「是嗎……」

「你要振作啊！」

牧子阿婆打算摸帆坂的頭，不過沒摸到。帆坂迅速調整位置，接受阿婆的撫摸。

糖美和舞美也過來了。兩人還是像連體嬰般形影不離，還送我一個大大的方罐。

「我們帶了餅乾過來。」

「聽說這個還蠻貴的。」

糖美左手拿著罐子，舞美右手打開蓋子。原來如此，裡面有許多看似很高級的餅乾。

「我們數過，有七十二塊哦。」

「我們有八個人，一個人分到九塊哦。」

玄關門被打開，走廊上站著一個龐然大物——短褲配黑襯衫、一條鮮紅領帶、外罩紫色夾克，額頭中央還寫著一個「神」字。

「喂，東平，進來吧。帆坂已經在切叉燒了。」

東平一走進來，便呼地一聲，向那對雙胞胎伸出粗壯的雙手。姊妹倆也很有默契地乖乖站好。東平專注地從姊妹倆的頭髮裡，啪啪啪地拿出幾張撲克牌，全部是人頭牌。

「嗯嗯嗯嗯嗯嗯——」

東平哼著奇妙的歌曲，恭敬地將一把撲克牌遞給糖美和舞美。總共十一張。

「謝謝你，東平大哥。」

「不過這些是什麼呢？」
「這些牌是指我們啊，舞美。」
「這疊人頭牌為什麼是指我們？」
「仔細看，是不是少一張？」
「真的耶，少了紅心Ｋ。」

東平只是微笑地看著她們倆。少了紅心Ｋ的人頭牌，為什麼是糖美和舞美？我也搞不懂。紅心Ｋ，東平以前也送過我一張……，不過，不可能與那時候一樣，不可能與自殺有關聯。
「妳真遲鈍耶，就是這麼回事啊！」
糖美和舞美嘰嘰咕咕地交頭接耳。然後，舞美「啊」的張大了嘴。
「原來是這麼回事啊，真是的，東平大哥怎麼這麼討厭！」
舞美揮拳輕揍東平的肩。
「討厭？」

啊，原來如此。我思考了一會兒，終於了解撲克牌的含意。

東平滿意地點點頭，轉個方向，這次把撲克牌遞給野原大叔。是四張Q。

「咦?這是什麼意思?」

野原大叔歪著頭，享受東平送他的謎題。

「我知道了。」

「我也知道。」

「妳們都猜出來了?」

「你仔細看Q的圖案。」

「某個地方有點奇怪吧?」

「有嗎?哪裡?」

「皇后手上都沒拿東西吧?」

「是啊，一般都會拿那個嘛。」

原來如此，我一下子就猜到了。

野原大叔皺眉，抬頭望著天花板。不久，「哦哦哦」地叫了起來。

「原來如此，原來如此！哈哈哈，你還會開玩笑啊！厲害厲害！」

野原大叔啪啪啪地拍打東平的臉頰。

「東平，我也要玩，給我牌。」

聽到牧子阿婆要求，東平將手插進褲子後面的口袋，沒有使用任何技巧，粗魯地抽出一張牌。

「喂，牧子婆，妳的是丑牌！」

野原大叔愉快地說道，我也不自覺地抿嘴笑了起來。沒想到東平這傢伙連笑點都準備好了，不錯喔。

此時，糖美和舞美故意蓋上餅乾罐，兩人一起將罐子拿到東平面前。

「東平大哥，告訴我們這裡有幾塊餅乾，好嗎？」

「我們想平均分給大家，可是數起來好麻煩。」

結果，東平緩緩地搖搖頭，不高興地發出噗噗噗的聲音。這是他的習慣，只要有人明知故問，他就會發出這種聲音。他討厭被試探的感覺。

「喂，妳們兩個，不可以捉弄東平。」

牧子阿婆一臉凶神惡煞地威嚇雙胞胎。

「對不起。」

「不會了。」

兩人縮著脖子吃吃笑了起來。不過，個性溫和的東平，還是念了一聲「呼姆」，把七和二的牌放在餅乾罐上。罐子裡有七十二塊餅乾，答得好。

「各位，叉燒登場了。」

帆坂將一只大盤子頂在頭上，送進房裡。同時，走廊傳來叩叩叩的腳步聲。

「大家好——」

戴著墨鏡的冬繪有點猶豫地探頭進來。

# 16 眼睛的尺寸

「冬繪姊姊的眼睛很漂亮啊。」

「是啊，藏起來多可惜啊。」

「天生就這麼漂亮耶。」

「我也好想有這樣的眼睛哦。」

糖美和舞美一邊用吸管喝汽水，一邊率真地說道。一大盤叉燒肉幾乎快吃光了，雙胞胎帶來的餅乾也所剩無幾。野原大叔和牧子阿婆喝了不少日本酒，兩人都醉癱了。

「是嗎……，可是，我討厭。」

冬繪羞愧地低下頭，看著手裡握的啤酒罐。直到剛才為止，她還戴著墨鏡，不過後來喝醉的野原大叔對她說，「把那東西拿掉啦」，她才那麼做。雖然她擔心地說，「大家會笑我」，但是在場沒有人取笑她。

「我從小就討厭這雙眼睛……，啊！」

牧子阿婆突然把一隻手伸到冬繪面前，用食指和拇指比劃她的眼睛尺寸。冬繪有點困惑地往後退，不過還是讓牧子阿婆丈量。

「嗯……哦……」

測量了一陣子，牧子阿婆坐回原位，雙手交抱胸前，以毫米為單位，說出測量結果。牧子阿婆的「拇指尺」相當準確。

「很好啊，很不錯的尺寸。」

「我們剛才不就那麼說了嘛。」

「牧子阿婆老是沒把人家講的聽進去。」

「我只是確認一下啦。」

很高興冬繪可以和我的鄰居相處。但是，除了高興，我的心底有一抹沉重的黑影。原本這是自己提議的小派對，但我怎麼樣也無法敞開胸懷，盡情享受。

「嗯……，東平，想看片子嗎?」

我聽到喀嚓喀嚓聲，回頭一看，東平打開角落的紙箱，正在翻動。《地獄之門》(*Paura nella citt? dei morti viventi*)、《開膛手傑克》(*Jack the Ripper*)、《生人迴避》(*Zombi 2*)……，紙箱裡擺滿我敬愛的弗爾茲導演的作品。我可是花了很多年收集，弗爾茲迷應該很垂涎吧。只不過，東平並不是弗爾茲迷。

「啊——!」

東平才看了一眼錄影帶盒上面毛骨悚然的劇照，就嚇得丟回紙箱。

「弗爾茲的電影對你似乎太刺激了。對了，冬繪，妳拿一支回去看吧，妳也很喜歡他的電影吧？」

「啊？喔，好啊，謝啦。」

她似乎很意外我知道她喜歡弗爾茲，有點困惑地點點頭。

不久，鄰居們陸續離開了，最後只剩下帆坂和冬繪。

「帆坂偶爾也早點下班吧，剩下的我會收拾。」

「真的嗎？那我先走了。」

「謝謝你的叉燒，很好吃。」

「下次我再做。」

帆坂給了一個大大的笑容，然後轉向冬繪。

「冬繪小姐，如果妳想學的話，下次我教妳做。妳……妳常做菜嗎？」

他喜歡會做菜的女孩。

「抱歉，我很不拿手，而且才剛搬家，連開水都沒煮過呢。瓦斯爐上堆滿了紙箱。」

「這樣啊……」

帆坂一臉遺憾地離開。我等他出去之後，再度找冬繪說話。

「前天早上妳不是說要整理家務嗎？」

「呃……」

冬繪一時說不出話來，不過馬上又露出笑容。

「因為幾乎沒用到廚房，所以到現在還沒整理啊，其他地方我都整理好了，很整齊哦。」

我無法坦率接受冬繪的說法，也無法認同她的解釋。雖然有點猶豫，但我還是鼓起勇氣問了。

「對了，妳前天晚上在哪……」

「挑哪一支好呢？」

冬繪故意忽略我的問題，蹲在裝錄影帶的紙箱前。

「冬繪，拜託一下，回答我的……」

「以前在電影院看過一遍以後，就沒機會看了，好懷念！」

她連我都不看一眼。

最後，她拿了一支錄影帶放進皮包裡，離開了徵信社。我的腦袋裡仍舊裝滿了灰泥，就這樣目送她的背影離去。

冬繪選的那支片子，居然是《生人迴避》。

「那麼，開始吧，本週的狂狂狂……狂熱問答！（襯底音樂是ABBA最經典的〈*Money, Money, Money*〉）」

上午七點二十分，一如往常，我在隔壁的廣播聲中醒來。

「首先公布上週的正確答案。這只是巧合！作家海明威的孫女叫什麼名字？正確答案是——」

「瑪歌海明威（Margaux Hemingway）。」

「瑪歌海明威！孫子的名字居然叫孫子（註）。這是繼很久以前，我還是國中生時，發現『so』的意思是『そう』（so）以來的衝擊。對了，這位瑪歌小姐是吃安眠藥自殺的，使用這個謎題時，請千萬小心。恭喜答對的……」

她們好像轉台了，收音機裡傳出某龐克團體以前紅極一時的歌。我望著自己的鼻尖，聆聽著不知是念誦還是哼唱的旋律，發呆了好一陣子。

是該去看看秋繪的時候了，我心想。

---

註：Margaux，日語音譯為マーゴ（maago），與日文「孫子」マゴ（mago）的發音雷同。

# 17 開了洞的招財貓

星期天，我搭上東海道新幹線，在京都轉乘地方線，然後在S站下車，招了一輛計程車。在滋賀縣南端與三重縣交界處的山谷裡，有個叫暮之宮的小鎮，那裡是秋繪的故鄉，每年一到秋繪過世的十二月，我一定會去。

「%&＊&嗎？」

一頭花髮的司機一邊握著方向盤，一邊回頭看我。

「先生？」

「抱歉，我在想事情。」

「原來你聽得到啊。我看你用帽子遮住耳朵，還以為你聽不到呢。」

總不能戴著超大耳機去掃墓，所以來這裡的時候，我總是把耳機放在手提包裡，改戴毛線帽，拉低帽簷，遮住耳朵。

「我問您是專程從東京來掃墓的嗎？」

「是啊……，我是專程來的。」

我望向車窗外。

在秋繪的墓前靜靜地雙手合十，因冬繪的事而混亂不堪的腦袋或許會稍微清醒些——我抱著這樣的期待。

計程車開上碎石路，來到墓園的停車場。

「先生，待會兒有什麼打算？需要我在這裡等您嗎？反正您回程也需要叫計程車吧。」

「啊，不用了。」

每年載我過來的司機都會這麼問我，然而我一概拒絕。因為我不知道自己會在秋繪的墳前待多久。有時候我會待到日落，有時候因為太悲痛，不到一分鐘就離開了。

（為什麼看鴿子？）

（我喜歡鴿子——）

墓園是開山闢地而建的。我走出鋪著碎石的停車場，從墓碑之間走進去。冬日的陽光明亮溫暖，投射在地面上的樹蔭如同馬賽克閃閃發亮，就算幽靈想現身也出不來。

突然，腦海中浮現帆坂的臉。

他曾經把自己比喻為「幽靈」。

「因為，我就像幽靈一樣……」

那是單純的開玩笑？還是以開玩笑的口吻，感嘆自己的遭遇？

繞過兩次幽靜的狹路，我來到秋繪的墳前，稍微看了一下周遭，我脫下毛線帽，跪了下來。

本來想將帶來的鮮花插進瓶子裡，不過，花瓶裡已有新鮮的大菊花。是誰放的？我將帶來的花放在墳前。

「嗯……」

墓碑後面好像有個白色東西。我站起來，繞到後面一看，原來是個招財貓瓷器。貓高舉著右腳，坐在鵝卵石上，無聲地笑著，大小約一個拳頭大吧。我一拿起來，感覺指尖的觸感有點奇怪，翻過來一看，從貓的後腦杓到背部的正中央開了一個洞，裡面是空的。這是供品？還是遺失物？

我抬起視線。墓碑似乎剛被洗過，有點潮濕，墓碑內側刻著故人的姓名——野村秋繪、野村宗太郎、野村晴海——她與祖父母三人，正快快樂樂地沉睡在地底吧。秋繪曾經告訴過我，她從小就很喜歡祖母，她是俗稱的「阿嬤的孩子」。那些總是讓我受惠的廚藝及裁縫技巧，全都是她祖母傳授的，然後她再自習精進。她還曾經笑說，祖母過世時，她哭了整整一個星期，哭到最後從鼻子流出來的不是鼻水，而是鼻血。她笑著笑著，又哭了起來。

後面傳來說話聲。我拿著那個開洞的招財貓，迅速地戴起毛線帽，遮住耳朵。

一回頭，我看見兩個人從墓園之間的狹路走近，是一對上了年紀的男女。他們看到我，同時訝異地停下腳步。是誰？我沒見過這兩人，我微微向他們點頭致意，便轉身再度面對秋繪的墓碑。其中那位女性，戰戰兢兢地靠近我，於是我再度轉身。

「你是來……祭拜那孩子的嗎？」

我很驚訝，對方好像是秋繪的母親。那麼，另一位就是秋繪的父親囉？

我第一次見到她父母。雖然我每年都來掃墓，但一次也沒去過秋繪的老家。原因和自己的長相有關，而且還得解釋我和秋繪在東京的關係，那的確讓我卻步。我覺得如果他們知道秋繪曾經住過我家，一定會認為我和秋繪的自殺有關。換作是我，一定會那麼想。我不在乎被誤解，不過我不想讓她父母產生什麼奇怪的想法，打擾了他們對秋繪純粹的悼念之意。

「我是她在東京的朋友。」我點頭如此回答，又問：「冒昧請問一下，兩位是她父母嗎？」

兩人笑容滿面地同時點頭。

「我第一次遇到那孩子在東京認識的朋友。」

她母親以溫柔的口吻笑道，接著突然看到我的手，「啊」的叫了一聲。

「果然忘在這裡。那隻招財貓是那孩子小時候用的存錢筒，我們來這裡的時候，一定會帶著，因為那孩子非常喜歡這個存錢筒。」

她父親接著說：

「如果一直放在這裡會弄髒，所以我們一定會帶回去。今天洗過墓碑後，就忘了拿走，不知是不是老人痴呆症的前兆。」

他轉向妻子，笑了笑。

我把那隻招財貓還給她父親，不經意地觀察兩人的容貌。秋繪長得很高，大概是遺傳到父親吧。她父親有點駝背，但仍然比我高很多。這對夫婦的容貌讓我想起秋繪，特別是她母親，秋繪如果就這麼一直老下去，大概會跟她母親一模一樣吧。肌膚如果少了點水分，大概就是這副模樣吧。她母親緩緩地眨了眨眼，非常有禮貌地向我鞠躬。

「非常感謝你專程從東京過來，那孩子一定很高興，因為沒什麼人來掃墓。」

「那孩子從小就比較內向，朋友不多……」

她父親突然一臉寂寥地加了這句話。

我突然很想問他們有關秋繪的事，秋繪很少跟我提起到東京之前的事，所以秋繪的從前我幾乎一無所知。她是個怎麼樣的孩子？又是個怎麼樣的學生？

當我正想找機會切入話題時，她父親帶著笨拙的笑容對我說：

「怎麼樣？要不要到我家坐坐？你難得專程跑一趟。」

# 18 太醒目了

「三梨先生……，這名字真少見。」

她父親邊說邊在我的玻璃杯裡注入啤酒。秋繪的老家離墓園約有三十分鐘的車程，是一棟老舊的木造雙層建築。我們現在正面對面，坐在一樓客廳的暖爐桌。

「大家都這麼說。小時候，我經常被取笑，說我是『孤兒』三梨，因為我叫幸一郎，所以大家都笑我是孤兒一郎，跟當時流行的卡通〈小蜜蜂〉也有關。」

「這樣啊，那你父母都去世了嗎？啊……，別客氣，請用。」

她母親從廚房端來燉煮的小菜，放在暖爐桌上。好香的醬油味。

「我老家在青森，小時候住的房子因為積雪太重而坍塌，老爸老媽被壓在底下……」

「天啊，因為積雪……」

她母親本來跪坐在暖爐桌旁，聽到我這麼說，立刻挺直上身看著我說：

「那你沒事嗎？」

「不太記得了……，我好像爬過瓦礫堆，從屋簷底下逃出來。因為當時年紀還小，身體也不大，才能逃過一劫吧。」

不過，屋簷外面有大量的積雪，我好像被埋在裡面很久，聽說救難隊發現我，把我從雪堆裡拉出來時，已經過了大半天。

有好幾次我都覺得，如果當時我也死了，那該有多好。但是，我遇見了秋繪，與玫瑰公寓的鄰居們也相處融洽，現在坐在這麼暖和的暖爐桌前，暢飲啤酒，看著表情不斷改變的人們，那種想法很快就消失了。

「天啊，這麼恐怖，我根本無法想像呢。講到雪，我只是覺得走路不方便。」

「一般人都是那麼想啊，需不需要撐傘啦，天氣好冷，要戴手套、帽子啦……」

我突然想到頭上還戴著毛線帽，或許他們對於我在室內還戴著帽子，覺得很奇怪，我最好解釋一下。

「抱歉，我從剛才就一直沒脫帽。其實是因為小時候那起意外，那個……，耳朵呢，受了點傷。」

「所以你把耳朵藏起來嗎？」

她母親笑起來真的很像她。

「是啊，那個傷口有點……」

我思索著該怎麼說，但找不到合適的說詞，最後還是老實說了。

「太醒目了。」

「你根本不需要在意嘛。」

秋繪父親的臉上略顯醉意，他用鼻音哼著說道，又在我的杯裡倒滿啤酒。

後來，話題終於轉到了對秋繪的回憶。我問起秋繪在這裡生活的情況。

「那孩子是我們倆年過四十以後才生下的寶貝。」

秋繪的母親以做夢般的表情，憶起秋繪的孩童時代。

秋繪一直住在這裡，直到高中畢業為止。

她父母談起的秋繪，都是我所不認識的。但是，對我而言，每件事都不意外。喜歡迪士尼的卡通人物；從小就對做菜有興趣，在祖母的引導下，常常幫忙煮飯；很怕冷。——從他們口中說出的孩童秋繪，很容易與我所認識的成年秋繪重疊在一起。

一陣風吹動了客廳窗戶吊的風鈴，她父親突然冒出寂寥的嘆息。我們三人同時望向搖動的風鈴，因此對話有了短暫的空白。

「但是，那傢伙……，為什麼不回來？」

她父親以那因酒精而通紅的鼻子，發出長長的嘆氣聲。

「那孩子沒有那麼無情啊……」

她母親似乎也陷入回憶中，盯著暖爐桌的桌面。

據他們所說，秋繪好像高中畢業後就離家了，之後沒再回來過，一次也沒有。我當然知道秋繪自從跟我同居以後，一次也沒回過老家。不過我是今天才知道，她在同居以前早就如此了。

「三梨先生，那孩子在東京過的是怎樣的生活？」

她父親抬起頭，似乎下了很大的決心才這麼問。那雙有點睜不開的眼睛，含著些許眼屎與淚水。

「我們真的什麼都不知道，甚至連那孩子在哪裡工作都不曉得。」

我以跟她不太熟為前提，這麼回答：

「我聽說她好像在某商社打工，做行政方面的工作。」

「這樣啊……」

兩人彷彿鬆了一口氣似地，同時露出了笑容。

「聽說她上京之後，一直在那家公司上班。」

這話一半是說謊。秋繪是在跟我同居以後，才到商社打工。我們剛認識時，她在新宿暗巷的酒店工作，雖然沒有賣身，不過似乎有提供類似的服務。

「那孩子為什麼會自殺？是不是在東京遇到什麼……」

她父親望著自己的玻璃杯嘆氣。

已經過了傍晚時分，窗外的天色已暗。我還想多聊一些，但如果再待下去，電車就沒有班次了。我起身向秋繪的父母道別。

「怎麼不多坐一會兒？」

她父親以祈求的目光留我。

「如果不介意，你也可以住一晚啊！」

「老伴，三梨先生也要上班啊，他不像我們，靠年金過日子。對不對!?三梨先生，這種要求太強人所難了吧！」

我稍微猶豫一下，笑著對兩人說：

「如果你們不覺得困擾，我留下來也無妨。」

她母親一臉驚訝，而提議的父親也略微愣住了。其實最感到意外的人是我，沒想到自己會說出這種話。——也許我想在秋繪過去住過的房子裡再多待一會兒；也許我只是不想回東京；也許我想暫時忘記谷口樂器、命案、各種疑惑……，忘記冬繪的問題。

「那我到二樓幫你鋪床，你慢慢喝。」

她母親滿臉笑容地往走廊方向走去。我可以聽到她踩著穿著襪子的雙腳，愉快地踏上樓梯。

我坐在暖爐桌裡焐暖雙腳，聽著她父母輪流講述秋繪的往事，還喝了好幾杯她父親拿出來的在地酒。這真是幸福的時光。夜更深了，我向她母親道謝後，便站了起來，她父親早就趴在暖爐桌上睡著了。

「老伴，三梨先生要休息了。」

「沒關係，別叫醒他，他今天講了很多話，應該很累吧。」

「這個人累的時候，總是這樣。」

她母親俯視著丈夫的側臉，像是看著自己的兒子般。

我再度微微鞠躬，打算離開客廳。然而，卻在步出走廊前，突然停下腳步。

我看到客廳後方的佛龕。

那隻招財貓就放在牌位旁。

開了洞的招財貓。

「平常都放在那個地方。」

她母親察覺到我的視線，對我這麼說。

「招財貓放在佛龕，感覺好像不太吉利。不過最近啊，我們都覺得被招去也無所謂了，反正年紀也大了。」

我走到佛龕旁，輕輕拿起陶瓷招財貓。我將貓身轉過來，朝著貓的後腦杓到背部開的洞裡看去。就這樣，注視了好一段時間。

「三梨先生，你在看什麼?」

她母親問道。我很快地搖搖頭說「沒有」。

「沒什麼，失禮了。」

我將招財貓放回佛龕。

「這隻招財貓原本是存錢筒，對吧？她打破它，用來買什麼呢？」

「鏡子，就是二樓那個女生米老鼠鏡子。」

「米妮嗎？」

「是啊，就是那個。應該是在那孩子四年級的時候吧，一直吵著要……，真是奇怪。」

她母親懷念地瞇起了眼。

# 19 捲入某起案件

我一邊上樓，一邊摘下戴了很久的毛線帽。

替我鋪好的床就在二樓秋繪以前的房間。那是一個六疊大的房間，榻榻米上面還鋪著地毯。看起來至今仍有打掃，不論地板或家具都很乾淨，一點灰塵也沒有。衣架上還掛著秋繪的制服，應該是高中制服吧。我想像秋繪穿那套制服的模樣，她在班上應該算很高吧，高䠷的她，一定會吸引異性的目光。

我的視線轉向另一面牆。那裡有一個木製衣櫃，表面貼著色調柔和的裝飾木板，上面還放著許多迪士尼卡通玩偶，那堆玩偶後面有一扇約一坪大的窗戶，上面掛著灰色窗簾。如此單調的色系不像是秋繪的品味，一定是她父母選的吧。地毯的顏色也一樣。

「就是這個啊……」

我發現房間的一角放著一面小鏡子，塑膠製的米妮雙手捧著鏡子，從後面探出頭來。鏡子旁還擺著一個淺藍色小盒子，厚紙板表面貼著色紙，看來是自己做的。我輕輕打開蓋子，拔毛鉗、剃刀、有色護唇膏……，裡面有一些基本的化妝品。就高中生而言，這已經是能力所及的範圍吧。盒內還有一張照片，小學時代的秋繪帶著笑容，與父母三人的合照。好像在某處的公園拍的，三人腳邊有翠綠色的草坪，後面還有大象形狀的滑梯。秋繪白皙的小臉並沒有看著鏡頭，好像被草地上一隻正在徘徊的鴿子吸引住了。

（為什麼看鴿子？）

（我喜歡鴿子——）

我搖搖頭，深呼吸，不能沉浸在感傷裡，否則真的不想回東京了。我從手提包裡拿出必需品，便上床睡覺。

打個電話給冬繪吧。

我突然有這個念頭。

但是，她會接嗎？我能跟她說上話嗎？就算她會接，我又該說什麼？發生命案的當晚，妳人在哪裡？妳真的跟四菱商社斷得一乾二淨嗎？我想問她的事情太多了，但是該如何切入話題？就算成功切入，她會不會又岔開話題呢？

「老伴，起來啦？」

此時，我聽到她母親從樓下傳來的聲音。

「糟糕，我睡著了。」

「你老是這樣。我以為你還在喝，沒想到你卻打起呼來了。今天難得有客人，你卻這樣，真沒禮貌。」

「年紀大了，沒辦法。——咦？不在？三梨先生呢？」

「早就上樓休息了，要喝杯熱茶嗎？」

「好，給我一杯。」

傳來餐具的聲音，注入沸水的聲音。

一個夾雜著呵欠的大嘆息。

「不過，還是不太清楚那孩子在東京的生活。」

「是啊，虧我們第一次能跟那孩子在東京的朋友聊天，真可惜。」

「不過至少知道那孩子在正常的公司當行政人員。」

「聽到這個時，我也稍微安心了。你的茶。」

「好，謝謝。」

我突然覺得胸口有點痛。他們倆好像深信我說秋繪一直當行政人員的謊言。

「如果在普通公司上班，就不可能捲入壞事。」

她父親說道。過了一陣空白，她母親有點猶豫地問：

「老伴，到現在你還是認為那孩子不是自殺嗎？」

「怎麼了，難得妳會主動提起這個話題。」

「平常只是忍著不說而已。」

又出現一陣沉默。

她母親再問：「你覺得呢？你認為那孩子捲入什麼案子？」

他父親嘆氣，啜啜有聲地喝茶。

「我只是有時候會那麼想。我們不是去看過警察說的那棟公寓嗎？幫那孩子收拾遺物時，我怎麼樣也忘不了那時候的不尋常感。」

「那裡沒有衣服、盥洗用具，什麼都沒有。」

我又感到一陣心痛，他們剛才所說的疑問，答案非常簡單。秋繪搬到我家以後，並沒有退掉以前住的公寓，她的行李幾乎搬進我的事務所，以前的公寓，變成只是每隔幾天過去拿郵件的地方，屋裡當然沒有東西。

「信箱裡只有一些帳單，如果有私人信件，我們還可以去問對方關於那孩子的事。」

我有一股衝動想下樓，向她父母坦白一切。然而，他們接下來所說的，卻讓那股衝動在瞬間消失。

「老伴，那個信封應該是信吧？雖然裡面什麼也沒有。」

「妳說垃圾桶裡的那個嗎？」

「是啊，那個白色信封。」

「怎麼可能!?上面沒有地址也有沒有寄件人啊。而且，除了信封，不是還有一團紅色膠帶嗎？原本應該貼在信封口吧？寄信為什麼要用那麼顯眼的膠帶？」

白色信封、紅色膠帶。

有那種東西嗎？秋繪消失後，我去過那房子好幾次，根本沒留意到垃圾桶裡的東西。

「別管垃圾了，那種東西跟那孩子的自殺怎麼會有關。我在意的是……，現在還是很在意……，剛才也說了，空蕩蕩的房間，還有遺體的模樣。」

「遺體的模樣……，你是指衣服和頭髮嗎？」

衣服和頭髮？什麼意思？

「是啊，妳想想，既然在山林裡上吊自殺，為什麼還要特地換上運動服？我想不出有什麼理由。髮型也不合那孩子的品味啊，她怎麼可能把頭髮剪得那麼短，而且，怎麼看也不像是美容院剪的，感覺就像門外漢剪的，完全不整齊。」

我第一次聽說秋繪的遺體被發現時的情況。

我想起最後見到秋繪的模樣。那是在屍體被發現的一個月以前，我要離開辦公室的時候。我以為那只是一如往常的道別，因此輕輕地對她揮手。當時的秋繪穿著寬鬆的傘狀長裙、蔚藍色襯衫，衣領在胸口微敞，柔順的長髮一直留到窈窕的腰際，那是一頭染成茶褐色的美麗長髮。秋繪應該是以那個模樣離開的，因為她的衣物沒有短少，當然也沒有散落一地的頭髮。

「不光如此，那孩子也沒有帶走任何行李，口袋裡只有錢包。一個成年人那樣出遠門，也太不自然了，妳不覺得嗎？」

秋繪常用的皮包並沒有留在徵信社裡，她應該帶出去了。

「而且，那孩子穿的運動服……，雖然受到風吹雨淋，但還是看得到褶痕，彷彿在臨死之前，才拿出來穿的新衣服，不是嗎？」

沉默了一陣子，她父親緩緩地繼續說：

「老實說，有時候我會這麼想。那孩子是不是被殺的？那孩子當時穿的衣服，是不是留下什麼跟兇手有關的證據呢？所以，兇手在某家店買了那套運動服，穿在那孩子身上。運動服換穿很簡單。然後，兇手將那孩子吊在樹上。──頭髮和行李也是兇手為了湮滅證據做的。毛髮上留有兇手的跡證，譬如兇手的血液或體液，所以兇手剪掉那孩子的頭髮；皮包裡一定也有跟兇手有關的東西。我想，兇手就是知道這一點，所以把那孩子的皮包帶走了。皮包裡留有足以找到兇手的東西；也就是說，兇手是那孩子的朋友，而且是非常親近的朋友……」

她父親越講越快，越講越激動。她母親冷靜地制止他。

「老伴，你喝醉了。」

她父親不再說了，只是仍舊呼吸急促。過了一會兒，才嘆了一大口氣。

「是啊，可能是因為家裡有客人，所以多喝了一點，我不會再講這種話了。」

「追根究柢是我不對，我不該問那種奇怪的事情，不該在佛龕旁講這種話。真是對不起……」

最後那句話，是對著別的方向說的。

不久，夫婦倆準備就寢了，偶爾聽到某一方抽吸鼻子的聲音。最後，鏘！佛龕的鐘聲高響。當那刺耳的聲音平息後，樓下一片寂靜無聲。

我在床鋪上躺成大字型，盯著天花板。

秋繪的遺體在山林中被發現。不自然的遺體、看起來像新的運動服、被剪短的頭髮，還有，她除了錢包之外，什麼都沒帶。

公寓垃圾桶裡的白色信封、紅色膠帶。

我伸手將淺藍色小盒子拿過來，取出裡面的照片，放在面前。我盯著照片裡的秋繪，她就站在比現在年輕許多的雙親之間，看著鴿子。

## 20 禁止使用的手段

隔天早上。我吃光她母親精心準備的早餐，便向兩人道別。他們送我到大門口，直到我穿鞋子的時候，仍舊笑容可掬，看起來由衷捨不得跟我道別的模樣。

當我正要伸手拉門時，發現忘了一件很重要的事。

「抱歉，我差點忘了。」

我慌慌張張地脫下鞋子，走回客廳，靜靜地在佛龕前雙手合十。

目光對上了遺照旁的招財貓。

「什麼!你現在人在滋賀縣?」

電話彼端，帆坂的聲音驟變。

「岐阜愛知靜岡神奈川……，直線距離就有三百公里以上耶，搭電車是四百五十公里。」

「答得好，不愧是帆坂。」

「你這麼稱讚我也……。啊，對了，業主刈田先生打了好幾通電話找你，好像很生氣哦。」

「我想也是，因為我沒請假就蹺班。」

我沒把手機號碼告訴刈田。有些業主很在意調查進展，不斷打電話進來，所以我一律不告知手機號碼。

「中午過後我應該會回到徵信社，刈田先生那邊我會打電話給他。」

「還有，稅務局的人也有留言。對方說……，關於上次聯絡的那件事，請你盡快來稅務局一趟。」

「不用理他。」

我掛斷電話。在收起手機前，打了一通電話到谷口樂器。

「三梨，你……」

接電話的刈田原本想大吼，大概是想起自己在辦公室，便立刻壓低音量。

「你到底在幹什麼？今天有事找你卻一直找不到。」

「對不起，我去辦點事。您找我有什麼事？」

「就是黑井樂器的那起命案啊，你看新聞了嗎？」

「還沒。」

刈田粗啞地嘆了一大口氣，有點焦躁地說：

「警方果然完全搞錯方向了。根據警方公布的資訊，兇手可能是當時在大樓附近徘徊的可疑人物。」

「這樣啊……。我想也是，因為被害人自己打電話通知警衛的啊！」

「這個週末我也好好想過了。三梨，我覺得你應該把事實告訴警方。當然，如果連竊聽大樓內部的事都說出去，可能會惹出麻煩，所以，你可以打匿名電話或寫匿名信給警方，方法不是很多嗎？黑井樂器雖然是我們公司的競爭對手，但再怎麼說也是同行，就跟夥伴差不多，我無法忍受殺害他們員工的兇手就這樣逍遙法外。」

「是啊，是夥伴。」

我對刈田說的話感到莫名的不耐煩。

在我意識到之前，嘴巴已經不聽使喚地發言了。

「我跟你說，我本身對於黑井樂器的人被殺，毫無特別感覺。老實說，只是聽到不想聽的事情而已。」

可能是被我強硬的態度嚇到，刈田突然沉默了。

「但是，三梨……」

「總之，我不想再跟那件事有關聯，不管你怎麼說都一樣。」

刈田再度沉默，以一種令人厭惡的緩慢且低沉的聲音說；

「你大概忘了……，我是你的業主，對吧？」

感覺好像那張肥滋滋的臉貼近我，讓我很不舒服，心底突然湧起一股衝動，很想用所有想得到的字眼謾罵對方。但是，我硬是吞下那股衝動，只說了一句：

「我會再跟你聯絡。」

對方似乎還想說什麼，不過我不管了，單方面掛斷電話。

腦海中浮現各種思緒，形成一股漩渦。秋繪的自殺、白色信封、紅色膠帶，還有黑井樂器的命案、冬繪的動機、自己聽到的事。

秋繪的事如今也不能怎麼樣了，而且是七年前的事了。

至於冬繪的事，還是現在進行式，甚至可能是相當棘手的問題。我挑選的員工可能是殺人兇手，而且我這雙耳朵還聽到殺人的瞬間。

「如果使用禁忌手段，也許就能解決問題，但是……」

我的腦海中浮現某個念頭，雖然目前還不想使用那種劣招，但是毋庸置疑地，它對我有很大的吸引力。

（跟夥伴差不多……）

我現在終於想到為什麼聽刈田這麼說時會突然覺得不耐煩了。刈田利用我竊聽他所謂「夥伴」的辦公大樓。太好笑了，簡直好笑到噴飯，而且矛盾。然而……

完全相同的行為，正誘惑著我。

步出JR新宿車站的我，直接往冬繪住的大樓走去。

我混在西裝革履的上班族之間，一步步往前走。在水泥叢林之間，隱約可見一棟十層樓高的雅致大樓，我停下腳步，拿出手機打給冬繪，手機響了，卻一直無人接聽。我又打到她家，傳來嘟嘟嘟的通話聲。

「電話中嗎……」

這時機真糟糕。冬繪在家裡跟某人講電話。

我的心不如自己所期盼的那麼堅強。很丟臉地，我很容易被誘惑。

一回神，我已快步穿越來往的行人，往冬繪的住處走去。我在白牆旁停下腳步，環顧四周，附近沒有人影。我閉起雙眼，靜靜聆聽，祈求能聽到冬繪的聲音。我集中精神，冬繪的聲音，冬繪的聲音。

「是，我知道。」

冬繪的聲音夾雜著街上的噪音，傳到我的耳朵裡。

「我知道，可是……，什麼？別那樣啦。」

她跟誰講話？對方講了什麼？

「總之，你請老闆過來聽就是了。」

老闆？我的下巴不自覺地用力，咬緊牙根。想知道的心情，不想聽到的念頭，還有對冬繪的罪惡感。哪裡的老闆？她究竟知道些什麼？

冬繪的聲音再度傳來。

「老闆……，我是田端。您辛苦了。」

那一瞬間，我的腦袋一片空白，視野中的街景逐漸淡去，一股我從未體驗過的感覺襲來，彷彿有一隻渾身濕透又冰冷的老鼠，從我的胃部沿著食道攀爬而上，企圖從喉嚨裡跑出來。

「有什麼事嗎？」

有人從背後拍我的肩。一回頭，一名年輕的制服警察，以一種像是看鞋子污垢般的眼神看著我。

「你是這裡的住戶嗎？」

「不是。」

「那你在這裡做什麼？」

「我有點頭痛。」

「頭痛嗎？」

「對，頭痛。」

我離開那個地方，背著大樓邁開腳步，走了一段距離，我確認背後的情況，那名警察還在看著我這邊。我繼續往前走，彷彿只要一停下來，全身力氣就會消耗殆盡，跌坐在柏油路上。冬繪的聲音已經聽不到了。

# 21 爲什麼不回答？

我一踏進谷口樂器，便直接往刈田的辦公桌走去。

「請告訴社長，我想解約。」

刈田一臉驚訝，瞪著那雙宛如鬥牛犬般的眼睛，稍微瞄了一下周遭，以眼神示意我到外面談。我順從地跟著他搭電梯，來到頂樓。在確認頂樓無人後，刈田有點困惑地直接切入話題。

「……是因為上次那起事件嗎？」

「是。我考慮過了，如果這時候輕舉妄動，很可能被警方盯上。這麼一來，不論結果如何，都會影響到我今後的工作。」

我低頭向刈田道歉。

「已經承辦的案子卻要半途而廢，這不是我的本意，但是我必須斷尾求生。請向社長傳達我想解約的意願。」

「你現在跟早上在電話中的態度相差十萬八千里耶。」

刈田的眼神非常討厭。

「早上不是還用『你』來稱呼我這個業主，一副講話很臭屁的模樣嗎？」

「非常抱歉，那是……」

我擺出更低的姿態。

「我說錯話了。」

刈田一邊說「算了」，一邊將下巴縮進領口，並點點頭。

「好吧，我會跟社長提。」

我鬆了一口氣。

「麻煩您了。」

「關於報酬方面，不用我說了吧？」

「當然，我不取分文。」

接著，刈田盯著我好一陣子，他撫摸下巴，試探性地問：

「不過，那件事你打算怎麼辦？你決定將那晚的事情告訴警方嗎？」

我立刻搖搖頭。

「我打算繼續沉默下去。」

刈田皺眉，表情很難看。

「這麼一來，只好由我聯絡警方了。當然，我不會說出你的名字，我會寫匿名信或打匿名電話……」

「不，勸您最好打消這個念頭。」

「為什麼？」

「好漢不吃眼前虧……。我勸您不要有無謂的夥伴意識。如果不小心被警方發現寫匿名信或打匿名電話的人是您，那就難脫嫌疑，還會影響到公司的信譽，不是嗎？」

我故意用嚴重的口吻說道。我打算自行找出那一夜發生的真相，在警方查到之前先找出真相。

刈田雙手交抱胸前，依舊縮著脖子，思考了一會兒。

「你說的也對……，很有可能。」

最後，他哼了一聲，同意我的話。

「知道了，我就不聯絡警方了。關於那件案子，如果社長有任何異議，我會再跟你聯絡。」

「那就麻煩您了。」

我再度向他鞠躬。刈田以不熟練的動作，彷彿外國人般聳聳肩，然後往樓梯口方向走去。我目送他的背影離去，心裡總算鬆了一口氣。這下子，冬繪似乎與那起命案有關的事應該可以瞞住警方一陣子。刈田決定不將我所聽到的告訴警方，我當然也不打算跟警方有任何瓜葛。

不過，如果我再拖下去，警方的搜查可能也有進展，說不定會查到冬繪，所以我得盡快查明。

「也就是說，完全結束囉？」

隔天，冬繪來徵信社上班，我對她如此說明後，她平靜地問道。

「之前我是說過要問妳的意見……，可是妳好像也拿不定主意。」

「這本來就是你接的案子，我沒有立場發表意見。」

冬繪看起來像是下意識地故作平靜。我偷偷觀察她的臉色，不過她的表情隱藏在超大墨鏡後方，我猜不到。她今天為什麼不摘下墨鏡呢？

「對了，冬繪，妳說以前在四菱商社工作時用的是假名吧！」

我提出藏在心底的疑問。

「妳用什麼名字？」

我非常清楚答案。冬繪沉默了一會兒，挑釁地抬起頭。

「田端冬美。」

我不由得閉上眼，仰望天際。果然沒錯。

（「啊，是田端嗎？什麼？妳從樓下的公共電話亭打的……」）

那晚，拜訪黑井樂器的村井的人。

（很抱歉，田端現在隸屬特殊部門，不接受一般顧客的委託哦……）

隸屬四菱商社特殊部門的女人。

「我根本不願想起這個名字。為了錢，我用這個名字做了很多壞事，四菱商社的作風你也很清楚吧，那裡不是徵信社，根本就是專門敲詐的業者。」

「現在呢？」

我戒慎恐懼地問道。冬繪緩緩地搖頭，根本看不出是否定還是肯定。

「妳現在沒做那種事了吧？」

我再問道。然而，冬繪只是重複相同的動作。

我的腦袋嗡嗡作響。為什麼不直截了當問她，是不是真的和四菱商社劃清界線？然而，問這種問題根本沒有意義，因為無論真相如何，冬繪不會給我否定以外的答案吧。

「再回答我一個問題。那天晚上……，黑井樂器發生命案的那晚，妳……」

看得出來，冬繪白皙的臉頰有些僵硬。

「妳究竟在哪裡？」

「為什麼問這個？」

「沒什麼特別的用意。」

我再問。

「那晚妳在家嗎？」

「我一直在家啊，不是告訴過你，我要整理家務嗎？」

「是啊，妳說過……」

深呼吸後，我又問：

「妳吃了什麼？」

「啥？」

「晚餐妳吃了什麼？」

「我在附近的便利商店買東西回來吃。」

「泡麵吧？」

「我想想。」

在我反問之前，冬繪搶先搖搖頭說，不對。

「不是，之前我跟帆坂提起下廚的事，不是說過了嗎？廚房還沒整理，連開水也沒辦法煮。」

「對哦，不能煮開水，那就不能泡麵了。」

「……你在試探我？」

「我沒那個意思。」

「你到底想問什麼？」

冬繪的話聲有點歇斯底里地顫抖。我笑著說：

「是這樣的。那晚……，有事要聯絡妳，所以打電話到妳家。響了好一陣子，都沒人接，過了五分鐘以後我又打了一次，妳好像還沒回來。我只是好奇，沒什麼啊！」

「應該是我去便利商店的時候吧，我去買晚餐。」

「這樣啊，我應該等五分鐘，再打給妳的。」

「太不湊巧了。」

「就是啊。不對，等等……，我想起來了，後來有再打過一次，就在十分鐘以後。」

「我買完東西回來後立刻去洗澡，應該是水聲蓋住了電話鈴聲吧。」

「妳洗澡時，讓水流了一個小時嗎？」

「啊？」

「我響了一個小時。」

冬繪看著我，緊閉雙唇。有兩次，她張嘴似乎想說話，卻什麼也沒說。最後，她垂下頭，大大嘆了一口氣。

「……看來是你的策略贏了。」

她大概發現我根本沒打過電話吧。

我再度發問。

「冬繪……，那晚妳究竟在哪裡？為什麼要瞞我？」

冬繪用力地深呼吸後，回答：「我不想說。」

「為什麼?」

「因為不能說。」

「那妳回答我另一個問題。」

「什麼問題?」

「妳有殺人嗎?」

我等待對方反駁,期待冬繪發怒否認。然而……

「為什麼不回答?」

冬繪垂著頭,緊閉雙唇。

「沒有就說沒有,不就得了?沒做過就直說啊。」

突然,冬繪抬起頭。

「有,我殺人了。」

我倒抽了一口氣。

我靜靜等待冬繪繼續說,已經做好心理準備,等待她的告白。她在短暫的沉默後,說出自己所犯的罪。然而她說的內容跟我預料的不一樣,完全沒有任何與黑井樂器有關的字眼,反倒是……

「以前,我殺過一個年輕女人。」

她這麼說道。

「年輕……女人……」

「我採用以前慣用的手法，那是七、八年前的事了。某電視節目製作人的妻子委託我調查她丈夫的外遇。在尾隨業主的丈夫時，我看到對方與年輕情婦從偷情的旅館走出來，我當然拍照存證。情婦的臉被長髮蓋住，看不太清楚，不過丈夫的臉拍得很清楚。我並沒有將照片交給業主，而是拿去與業主的丈夫交易。我把放著照片的信封推到他面前，勒索他以五十萬買下。對方接受了，我拿到五十萬現金。死的人是……」

冬繪掙扎地吸了一口氣。

「這個丈夫的情婦。」

我只是愣愣地望著冬繪。

「這個節目製作人出現在我指定的交易場所，將裝有現金的信封交給我之後就離開了。當時，對方就像一個僅有軀殼的玩偶，那空洞的眼神就像玻璃珠。我打開信封，裡面有五十張萬圓大鈔及一張對摺的信。至今我還記得信上的每一個字，上面用鉛筆大大地寫著——被妳拍到的那個女人已經死了，我把被妳拍到的事跟對方說了，我告訴她，無法再跟她繼續交往。結果，她上吊自殺了，就死在曾經跟我去旅行過的山裡，帶著對妳的恨意死了。」

冬繪的下巴微顫。看在我的眼裡，她的臉就像一張構造簡單的面具，彷彿有人在後面操控，讓她的嘴巴不停地動著。

「妳……」

「我們別再見面了。讓你知道這種事，我怎麼可能再見你。」

冬繪站了起來，抖著下巴俯視我。

「最後，再告訴善良的三梨先生一件事。想要忘記犯過的罪，有兩種方法：一種是拋棄一切去贖罪，另一種則是犯更多的罪來掩飾。只有堅強的人會選擇第一種方法，然而我……」

說到這裡，冬繪再也說不下去，轉身打算離開。我立刻站起來，抓住她的手。

「夠了吧，你也不想再看到我……」

「名字呢？」

「什麼？」

「那個自殺的情婦叫什麼名字？」

「我忘了，你可以去查四菱商社的電腦啊。」

「那件事發生的正確時間呢？」

「就七、八年前的冬天啊，我沒有記得那麼清楚。」

「她在哪座山上吊？」

「不知道啦！」

冬繪企圖甩掉我的手，但我沒讓她得逞。

「妳把照片放在怎樣的信封裡？」

冬繪吸了一口氣，粗魯地回答：

「白色素面信封啦。四菱商社的人都用那種信封，把證據照片及勒索信放在純白信封裡，然後用鮮紅色膠帶封起來，這是為了讓對方留下深刻的印象。這樣可以了嗎？我講得這麼清楚，你滿意了吧？」

冬繪用力揮動手臂，剎那間我失去平衡，跌坐在地上。我的腳無法用力，站不起來。

冬繪低頭看著我，斗大的淚珠從鏡片後方沿著臉頰滑落。

「再見——」

冬繪就這麼離開了。

## 22 送別會

白色信封，自殺，紅色膠帶，秋繪家的垃圾桶。

白色信封，殺人，我聽到的部分內情，冬繪那天晚上的行動。

我坐在「地下之耳」的某個角落，盯著威士忌酒杯。相同的字眼在腦海裡不斷地浮現又消失。

（總之，你請老闆過來聽就是了……）

（我是田端。您辛苦了……）

（死的是這個丈夫的情婦……）

（就死在曾經跟我去旅行過的山裡……）

「問題出在上次那位小姐身上嗎？」

我抬起頭。老闆身穿老舊的土黃色夾克，頂著一張歷盡滄桑的土黃色臉龐，正在櫃檯的另一端悠閒地玩弄九連環。

「為什麼這麼想？」

「因為你不會煩惱自己或社會上的事，對吧？所以，一定是身邊的人出問題。我會提到上次那位小姐，完全是瞎猜。」

老闆一邊玩弄九連環，一邊挑著眉說：

「除了野原大哥及牧子大姊——玫瑰公寓的住戶之外，你認識的人，我只見過她。」

那兩人都是這裡的常客，介紹我來這家店的也是野原大叔。

「你的瞎猜總是很準。」

「看人臉色也在我的工作範圍之內。」

「這樣客人應該會多一點啊！」

「研究做生意達到極致時，連來客數都能控制喔。不僅客人不常出現，好不容易來了，都是一些奇怪的人。這正是登峰造極的恩賜。看我的——」

老闆輕鬆地打開九連環，我一口氣飲盡杯中的威士忌，將空杯推到櫃檯另一頭。老闆一邊倒入新酒，一邊喃喃地說：「適可而止吧。」

「喝這麼一點還不會醉。」

「我是指那位小姐。」

老闆似乎快張不開的眼簾底下，那雙眼睛罕見地帶著認真的光芒。

「她是壞人，我看得出來。」

我第一次聽到老闆這麼肯定地說一件事。

「這也是瞎猜的嗎?」

「對，這也是生意上的一環。要是你有什麼三長兩短，我的常客可就少一個了。」

「你覺得我會因為她發生什麼事嗎?」

老闆一邊將威士忌酒瓶放回酒櫃上，一邊說出誰都知道的事實。

「那個人為了私慾在利用你。」

白色信封，自殺，紅色膠帶，秋繪家的垃圾桶。

白色信封，殺人，我聽到的部分內情，冬繪那天晚上的行動。

「如果真是這樣，那我就來揭穿她，看她是怎麼利用我。」

我一口氣喝光杯裡的酒。老闆無言地將相同的酒液注入杯中，然後罕見地拿出自己的杯子，雙手交抱胸前，眺望著擺滿酒瓶的酒櫃。

「那麼，今天就是送別會囉。」

# 23 深海魚的故事

老闆居然從酒櫃後面拿出三十年的皇家禮炮蘇格蘭威士忌，堪稱「超」高級的陳年威士忌。

「我付不起哦。」

「我請客。」

我舔了杯裡那透明地令人驚訝的琥珀色液體，高級的風味遍布舌頭與鼻子。

「咦……，那是什麼？」

突然，我瞄到酒櫃裡面，在皇家禮炮蘇格蘭威士忌酒瓶後面，有幾個跟小孩手掌一樣大的人偶。

「是這個嗎？這是你朋友啊。」

老闆拿出人偶，放在櫃檯上排好。塑膠人偶沒有上色，不過做得很精緻，就像小時候流行的「超人」橡皮擦放大版。人偶總共有四個，其中三個一看就知道是誰。

「這不就是野原大叔、牧子阿婆跟……東平嘛。」

「在你來玫瑰公寓之前，這是野原大哥送的。」

「這是大叔做的嗎？」

我很驚訝，重新檢視人偶。老闆笑著說「怎麼可能」，並且說明緣由。

「是那種塑膠人偶公司的老闆，委託野原大哥調查。據說同行的競爭對手盜用他們公司的專利技術，那個老闆希望野原大哥協助找到證據。」

我怎麼覺得在哪裡聽過這個橋段。

「在控訴對方違反專利法之前，先僱用偵探找證據。這類製品在製作過程中使用的技術，比起機械類產品，困難度高多了，因此懷疑有可能是誤會一場。不過，就在調查即將有結果的時候，業主家發生火災，包括老闆本人，連擔任公司董事的老闆夫人及公子們全都罹難。那家公司是家族企業，員工們接管不易，結果就宣告破產倒閉了。」

「那麼，野原大叔白忙了一場吧，這麼一來，調查費也……」

原來是這麼回事。

「這些人偶該不會是……付給野原大叔的調查費吧？」

老闆點點頭。

「沒錯！這是得知原委的工廠師傅補償他的。」

原來是業主死亡，員工同情做白工的偵探。我覺得偶爾拿到這種報酬也不錯，不過如果每次都這樣，日子就過不下去了。

「老闆，這件事是野原大叔親口告訴你的嗎？」

「是啊！」

「那位大叔，虧他當過偵探，從以前就那麼愛講話。」

我不由得苦笑。就算業主被燒死，他也會把工作內容一五一十告訴酒吧老闆，還真像這個大叔的作風。

「但是，野原大叔為什麼會讓他們製作牧子阿婆和東平的人偶呢？」

老闆回說不知道，便苦著一張臉，啜飲著皇家禮炮蘇格蘭威士忌。

「我不知道。反正野原大哥收到時，看到那個東西做得這麼精緻，還非常感動呢。他說放在骯髒的徵信社很對不起人家，於是送給我放在店裡當擺飾。」

「擺飾？你不是把他們藏在酒瓶後面？」

「那是野原大哥某天這麼拜託我的，或許他不願再想起以前的事吧。」

老闆說完後，從櫃檯那一頭伸長脖子湊過來看。

「你看，每一個都很像吧！不管是五官還是表情。」

「我看不太出來。」

我空洞地搖搖頭。

「說的也是……，是看不太出來。」

老闆緩緩地點點頭。

我靠近人偶，仔細觀察它們。

野原大叔像金剛似地佇立在櫃檯上，叼了根菸，菸身翹得老高，就像歐美人直挺的鼻子那樣。不知他是否真的在人偶師傅面前擺出這樣的姿勢，不過還真是裝模作樣。牧子阿婆站在野原大叔右邊，雙腳微張，胳臂環胸交抱，不可一世地瞪視著前方，眼神相當銳利。東平雙手插在大衣口袋裡，站在野原大叔左邊，他的五官充滿知性，緊閉的雙唇帶著一抹冷笑。

「——老闆，這個是誰？」

我指著在三個人偶後面，一個身軀龐大的男性人偶問道。我沒看過這號人物。

「玫瑰公寓以前的住戶。」

「原來還有這樣的傢伙啊。」

野原大叔和牧子阿婆都沒提過這個男人。

「那個送你。」

「不要。」

「帶走吧，丟了也沒關係。」

老闆的表情有點陰鬱……，雖然原本就很陰鬱，眼神有點混沌。我什麼也沒問，望著那個塑膠人偶。此時，我突然覺得這男人或許已經死了，雖然沒有任何證據。

「好吧，這個我帶走了，或許改天會丟掉哦！」

我用指尖挾起這個不太吉祥的人偶，塞進掛在鐵椅背上的大衣胸前的口袋。或許是我想太多了，總覺得老闆臉上微微露出安心的表情。或許這是一個詛咒娃娃，我的腦海裡突然浮現這種想法。

接下來的幾個小時，我和老闆不停地喝酒。

我還記得老闆講了深海魚的故事。

「老闆，做壞事的人是不是沒有罪惡感？是不是毫不在乎地使壞，不斷地背叛他人呢？」

「我不知道……」

老闆坐在櫃檯另一端，雙眼迷濛地望著自己的玻璃杯。

「那種人多半像深海魚。」

「什麼意思？」

「你在電視上看到深海魚游泳的模樣，不會覺得很不可思議嗎？那些傢伙棲息在幾百公尺深，甚至是幾千公尺深的海底，卻一點事也沒有。」

老闆這麼一說，還真有點不可思議。

「如果將淺海魚放進那麼深的海底，不就立刻沒命嗎？我們人類大概也活不了，那些傢伙卻一點事也沒有。你知道為什麼嗎？」

我思考了一下，卻想不出答案。

「因為那些傢伙住在那裡啊。牠們原本就在深海裡成長，因此身體構造適合那樣的環境。不管水壓多大，牠們本身也具有相應的適應能力，所以沒事。牠們活得自由自在，不會覺得奇怪。」

「壞人也一樣嗎？」

老闆沉默了一會兒，喃喃地說：「這也是我瞎猜的。」

那隻枯黃的手彷彿乾掉的豆腐般，在櫃檯上緩慢地擺動，滿是皺紋的指尖無意識撥弄滴落的水滴。我抬起頭，一口氣將杯中物灌進嘴裡。

「同理，深海魚也無法人工飼養。」

老闆的聲音輕輕地傳進我越來越熱的腦袋裡。

接下來的事，我就記不清楚了。

# 24 我是目擊者

「早！」

帆坂那張瘦長的臉出現在門的彼端。我從沙發上爬起來，感覺腦袋裡好像有人在敲鑼打鼓。

「三梨先生，我買了份運動報，要不要看？好像跟你的工作有關，所以我……」

「抱歉，現在不要跟我講話。」

我扶著額頭，揮揮手。帆坂頂了頂臉上的圓框眼鏡，垂頭喪氣地縮回門的另一端。

我盤坐在酒氣沖天的房間裡，用力吐氣。

原來高級酒也會讓我宿醉，我學到了。

櫃檯那邊傳來從包包裡掏東西的聲音，接著是翻動大張紙的聲音——「哎呀」、「啊」、「哇」……，不斷地發出微弱的感嘆聲，過了一陣子便安靜了。不過，馬上又傳來「哎呀」、「啊」、「哇」。

「這傢伙是故意的……」

我一邊嘆氣，一邊站起來，探頭到門的另一邊。帆坂正在櫃檯看那份彩色運動報。

「難得你會看那種東西。」

豆芽菜高興地回頭。

「是啊，我很少看呢。東京都的道路地圖改版了，所以我在途中順道去了趟書店。這個時段，只有一家有開，結果我無意間瞄到與你的工作有關的標題，我想應該對你有幫助。」

「你剛才就說過了……」

我瞄向報紙。

「哪裡？哪一則報導？」

「這個，就是這一則。」

當我看到帆坂那纖細指尖指的標題時，整個人都醒了。

「被擺了一道……」

這不再是單純與工作有關的問題了。

〈中野區上班族命案。兇手是年輕女人？〉

是那起命案的報導。我趴在櫃檯上，快速閱讀報上的文字。

根據報導，昨天，中野警局及幾家大報社同時收到匿名信。那封信是用打字機打的，內容是「黑井樂器命案的兇手是一名叫〇〇的年輕女人。我是目擊者」。報導旁邊寫著「〇〇的部分，根據本報的判斷，決定不予公開」。那麼原文裡的〇〇應該是「田端」吧。

「是刈田……」

只有這個可能，一定是那傢伙偷偷寄的。前天才跟我說不打算聯絡警方，大概後來又改變主意了吧。

「可惡……，都警告過他了。」

看來，他這人真的是正直到愚蠢，跟外貌一點也不搭。他到底有沒有想過，要是被查出發信者，到時候該怎麼辦？警方一定會找他問話。這麼一來，谷口樂器僱用我監聽黑井樂器大樓的動靜就會被揭穿，大大打擊企業形象，而我也會被警方盯上。

「不，那些都不重要……」

最大的問題是冬繪。要是警方相信這封信的內容，一定會調查那個叫田端的「年輕女人」。這麼一來，查到冬繪這邊也是遲早的問題。

我的腦海裡閃過各種念頭，怎麼辦？我能救冬繪嗎？我能幫她嗎？為什麼我要這麼做？她在七年前把秋繪逼到……

「哎呀，可惡！」

我拿起櫃檯的話筒，撥了冬繪的手機，得到的回應是收不到訊號或對方未開機。我立刻打到她家，響了一聲、兩聲、三聲……，也無人接聽。

「帆坂，要是冬繪打電話過來，立刻打手機通知我！」

我就這樣沒有結論地衝出徵信社，坐上了Mini Cooper老爺車。

# 25 悲鳴聲急速遠去

該往哪裡去？我不停地變換車道，從靖國大道開往青梅街道。冬繪的手機還是打不通，人似乎也沒回家，家裡還是無人接。我的腦袋嗡嗡作響，焦躁與不安衝到了喉頭。

「管他的，先到命案現場看看。」

暫且不論對錯，我轉動方向盤，往黑井樂器的方向駛去。進入小巷後，正打算在轉角轉彎，往大樓那邊前進時，我發現前方停著警車，周圍還站著制服警員。

「臨檢……」

我慌忙修正方向盤直行，遠離黑井樂器大樓，幸好警方沒注意到我。那個臨檢一定是為了收集那起命案相關的目擊情報。其實被盤問，隨便敷衍一下也不會有問題，只是我現在酒氣沖天，只要一搖下車窗，警察的臉色一定驟變。

我開了一段路，在小巷旁停車，下車，回頭看著黑井樂器大樓。這時候，我看到一個穿著厚重大衣、身材魁梧的男人，從路的彼端走過來。我看過這個人，但是無法立刻想起對方是誰。

「喲，是你啊。」

對方一看到我，大大方方地走過來。這時候，我才終於想起，雖然只見過一次面，不過忘記委託者的長相，實在汗顏。

「谷口社長，好久不見了。」

我向業主……，直到前天為止的業主谷口動打招呼。谷口也對我點頭示意。

「三梨，我聽刈田說了，你怎麼中止我的委託，臨陣逃脫呢？」

他用語辛辣，不過臉上的表情很溫和。也不知道他在高興什麼，厚實的臉頰喜孜孜地上揚。

「造成您的困擾，我深感抱歉。然而，如同刈田部長向您說明的，畢竟是調查對象的公司內部發生命案……」

「沒關係沒關係。」

谷口揮手阻止我繼續說下去。

「反正那家公司已經完了，盜用設計的事也無關緊要了。老實說，那起命案發生後，我也考慮跟你解約，只是還牽涉到承諾的報酬，所以一直很猶豫。」

「這樣啊。」

「是啊，你想想，這實在太危險了，警方還在調查，如果輕舉妄動，說不定會招來無妄之災。」

看來他的腦袋比刈田靈光。

「不管怎麼樣，黑井樂器完了。我是不知道詳情，不過公司內部發生那種事，信用一下子就蕩然無存，股票會暴跌，商社敬而遠之，店鋪會撤下他們的商品……，身為同業夥伴，我也不是不同情，只是生意歸生意。至於你之前提的報告，我也不打算用了，你這麼努力幫忙，真是可惜了。」

他的表情一點也看不出可惜。

「我剛才也去那棟大樓關切警方的搜索。命案的調查工作真是謹慎啊，那些警察的眼神跟取締交通違規時完全不同，真是厲害。」

谷口說完了想說的，便舉起粗厚的手掌，說了一聲「再見」，悠哉地朝自己公司的方向走去。我以一種空虛的心情，目送他離去。

接下來怎麼辦？

在黑井樂器附近竊聽搜查情況呢？還是找機會混進警察局？

「先找出冬繪。」

我再度開著Mini Cooper，避開臨檢的那條小巷，駛出大馬路，往新宿方向走回去。路上有點塞車，走了一小段就停下來，好不容易動了，又遇到紅燈，不得不剎車。我越來越焦躁，在靖國大道中途左轉，打算走小路。

就在這時候。

「放手啦……，好痛……」

只有一瞬間。

我的確聽到冬繪的聲音，充滿恐懼的悲鳴聲。

我踩剎車，屏息聆聽，然而什麼也聽不到。在哪裡？我環顧四周，她究竟在哪裡？冬繪的悲鳴聲急速遠去……，就像賽車的引擎聲……，賽車的……

「在車上！」

我搖下車窗，探頭出去。尖銳的喇叭聲此起彼落，我往那個方向看去，有一輛車窗貼著隔熱紙的休旅車，以遠超過限速的車速，在車陣間穿梭，快速離去。

從靖國大道往東走。

# 26 信者得救

我迅速迴轉，企圖追那輛休旅車，然而我立刻明瞭，此刻要追上它是不可能的。不管我再怎麼加速，就是看不見那輛休旅車的影子，也沒再聽到冬繪的任何聲息。

「可惡！」

我握拳捶打膝蓋，在十字路口一口氣迴轉，抓準剛好的時機，與對向行車錯身而過。屁股下的四個輪胎發出悲鳴，周圍的喇叭聲也響得吵死人。

我飛快地趕回玫瑰公寓。

「哇！」

我衝進辦公室，正在看地圖的帆坂抬起頭，瞪大了眼。

「地圖借我！」

「啊？這個？什麼？」

我拿起攤在櫃檯上的那本東京都地圖，翻到新宿區，盯著上面。那輛休旅車開往哪裡？靖國大道往東會走到哪裡？——我緊盯著地圖，企圖找出對方的目的地。然而，心底的焦躁不斷地燃起，再加上東京地圖上的字對我這雙宿醉的眼睛而言，實在太小了，根本搞不清楚方向及位置。靖國大道是哪一條……？這條太粗……，不，就是這條……

「你在找什麼？」

帆坂看不下去，出聲問我。我迅速解釋一遍，帆坂的臉色刷白，抖著聲音說：

「冬……冬繪小姐被帶走了……，但是，靖……靖國大道往東……」

面對極少的情報，帆坂比我還緊張。

「可以到靖國神社，也可以到秋葉原，再過去有兩國國技館。還有……，靖國大道連接京葉道路，可以通往千葉耶！」

「那我該怎麼辦!?」

「這……，冬繪小姐！」

我抱頭，雙肘頂在櫃檯上。思考，推理，動腦筋。

「問神！」

帆坂突然大叫。

「你說什麼？」

「問神啊！這怎麼猜得出來，這時候要問神！」

「神……，東平嗎？」

「是啊，他一定會告訴你。」

「但是，就算東平……」

「信者得救。」

帆坂大聲說道，雙手用力拍打櫃檯。我彷彿被他的氣勢彈出，衝出了徵信社。我從走廊跑到東平家門口，用力拍打大門，可是無人應門。

「東平！東平！」

過了好一陣子，東平終於現身。穿著短褲黑襯衫的他，張著嘴打呵欠。

「東平，告訴我，冬繪在哪裡？她現在人在哪裡？」

我這麼懇求他。東平好像還沒睡醒，眼神朦朧地看著我，又打了一個呵欠。

「東平拜託你，沒時間了，冬繪被車子載走了……，他們去了哪裡？」

東平盯著我的眼睛，聳聳肩，緩緩地搖頭，不滿地發出噗噗聲。

「幹嘛啦！喂，認真一點啦，東平！」

但是，他只是哼著，沒有任何動作。

「拜託啦，冬繪可能有危險！」

我抓著他的領口逼近，他才像放棄似地聳聳肩，以慢動作單手伸向天花板，顯得很不情願。他的手掌朝向空中一張一合，這個動作做了幾次，指尖突然挾住一張撲克牌——鑽石四。

「鑽石四……，鑽石四，也就是說……」

我喃喃自語，拼命思考那張牌的意思，推敲冬繪被帶往的地點。我只是這麼假裝，其實慌亂不安。

「可惡！我在幹什麼……」

心底唐突地湧現可恥的感覺。

「我早就知道了……」

對，我知道，其實我早就知道。我知道冬繪被什麼人帶走，又被帶去什麼地方。我早就猜到了，所以東平才會不高興，情況就像那天雙胞胎要他猜餅乾的數量一樣。我只是害怕，才會矇騙自己，爭取時間。

「除了那個地方，不做他想嘛！」

我一口氣衝下樓，奪門而出，直接往外跑。

我知道四菱商社在哪裡。

# 27 ○○○○

「停——，這裡就可以了。」

我讓計程車停在靖國神社附近的四菱商社旁。這是我從千葉車站尾隨冬繪以後，再度來到這裡。雙層樓建築的四菱商社，靜靜地佇立在人煙稀少的小巷底。

我從車窗內確認周遭情況，路上看不到行人，會動的只有垃圾集中處的烏鴉。

「謝謝您的搭乘，總共是兩千……」

我舉手制止轉頭告知車資的司機繼續說下去，盯著擋風玻璃另一側的四菱商社二樓窗戶，仔細聆聽。窗簾被拉上，根本看不到裡面的動靜。

然而，我清楚聽到他們的交談聲。

「如果發現一輛破舊的Mini Cooper靠近，一定要通報。雖然不太可能，不過說不定三梨會衝進來。」

「知道了。」

「我在樓下。」

兩個男人小聲交談。窗簾微微飄動，縫隙間露出人影，似乎在確認小巷兩旁。

果然叫計程車是對的。我開的那輛破舊老爺車，就某方面來說，相當出名。可是，為什麼四菱商社的人認為我會來呢？是不是冬繪告訴他們在我的地方工作呢？

「請問……，您是不是不舒服？」

司機皺眉窺探我的表情。

「沒有，我沒有不舒服。」

我拜託司機繞到四菱商社後面，把車停在稍遠處。

「可是……，里程表已經停了。」

「少囉嗦，快一點……，不然我讓你也變成這樣！」

我把藏好的耳朵露出來讓司機瞄一眼，他嚇得倒抽一口氣，急忙坐好，放下手剎車。在我的指示下，將車子移動到僅隔著一棟民房的地方。

我多給司機一些錢，在那裡下車，慢慢靠近四菱商社建築物的後方。四菱商社附近都是一些老舊的木造民房，從大馬路彎進巷弄裡，原來千代田區附近也是這副模樣。

四菱商社後面有一道安全梯，一直延伸到二樓鐵門。

「求求你……，解開這個……」

是冬繪的聲音，接著傳來男人不懷好意的笑聲。似乎不是剛才那兩個人，是另一個年輕男子。

「開什麼玩笑，大姊。」

大姊？

「如果解開，妳一定會攻擊我，企圖逃走。遇到緊急情況時，妳也是很凶的，從以前就是這樣。」

「這真的好緊，卡得好痛哦……」

「我說過了，不能解開，妳是聽不懂嗎？田端前輩。」

說完之後，男人縱聲大笑。看來「大姊」只是單純的稱呼。

「真的很痛嘛。」

「妳很囉唆耶！」

「放鬆一點就好……」

「不是跟妳說過不行嘛！」

伴隨著男人的怒吼，同時響起另外兩種聲音；一種是麵糰摔落桌面的沉重碰撞聲，另一種是冬繪簡短的悲鳴。下一瞬間，又響起另一種聲音……，好像是某種龐然大物倒地的聲音，振動著我的鼓膜。

「哎呀……，我對大前輩動粗了，抱歉喔，大姊。」

一片寂靜。

「喲，原來大姊也會有這種表情啊！」

男人如此說道，那語氣彷彿看到新玩具般。

「別這樣……」

冬繪哭了，壓抑聲音哭泣。我幾乎是無意識地一步一步往前走，建築物的灰色牆壁迅速逼近，憤怒從腳底穿越腹部，直達頭頂。定下心來，冷靜，想個好辦法救她。對方人數很多，我單槍匹馬，而且是個對體力沒有自信的宿醉男人。

然而，我的腳步停不下來。走到安全梯，毫不猶豫地踏上鐵板，往上爬。我抬頭盯著二樓的門，一步步朝那裡靠近。

我聽見某人的腳步聲從屋內的樓梯上樓。

「咦……，洋介，你打她了？」

似乎是剛才下樓的男人，大概是聽到聲響又上來探看吧。

「啊，老闆，是……，呃，那個……，對不起對不起，因為她一直吵著要解開手銬，所以……」

年輕男人的聲音有點緊張。

「不好嗎？」

「不，沒什麼不好，只是覺得沒意義，因為在車上已經揍過她了，現在再打，她應該也不覺得痛了吧，人類的神經還蠻容易遲鈍的。」

腳步聲前進，停止。

「喂，田端，妳還活著嗎？在哭就表示還活著吧！」

啪啪啪，拍打皮膚的聲音。

「妳的正字標記掉下來囉，我幫妳撿……，哎呀，真抱歉！」

玻璃碎裂聲。

「踩到啦，哎呀，真可惜。」

男人含笑說道。原本低沉的笑聲，越來越響亮，另一個男人跟著一起笑。我爬到樓梯最頂端，站在二樓大門前，伸手轉動門把，小心翼翼避免發出聲響，推門。然而，文風不動。門上鎖了，那是鎖芯凸輪鎖，上面還有電子鎖，就算打開鎖芯凸輪鎖，如果不知道密碼，還是開不了門。

「喂，田端，再問妳一次。」

那聲音就在門的後面。

「妳真的打算□□□的□□□嗎？」

垃圾場的烏鴉開始喧嘩，害我沒聽到最重要的關鍵字。

「真的——」

「哇，真的！哈哈哈，夠膽量！」

「大姊，妳想的真是太有趣了。」

「老闆，沒看到那輛破舊的Mini Cooper……」

另一個男人的聲音。是監視窗外的那個傢伙嗎？

「我想也是，這年代已經沒有那種正義使者了。」

「或許有啊。」

冬繪的口吻充滿了攻擊性。

「或許他會來救我啊。」

「救妳？怎麼救？」

那個被稱為老闆的男人低聲笑了。

「一樓可是有好幾個彪形大漢喔。就算他從二樓偷溜進來，妳看，那道門可是有雙重鎖，外人絕對進不來。我最討厭愛說大話的人了。」

「鎖芯凸輪鎖那種東西，熟練的人一下子就打開了，再說密碼電子鎖，只要知道密碼，解鎖速度絕對比開自家大門還快。」

「密碼只有我們的人知道，他們絕對不會對外透露。」

「那可不一定喔，說不定在哪裡的酒店，喝醉就口無遮攔地說出去，告訴大家是〇〇〇〇。」

冬繪說出了四個數字的密碼。那一瞬間，我確信她已經發現我在附近，或是相信我會在附近。

「會做這種事的只有大姊啦，我們對公司都很忠心。」

我從口袋裡拿出開鎖工具。

「喂，洋介。」

「什麼事？」

我彎腰，悄悄地解開鎖芯凸輪鎖。

「對了，老闆，能不能答應我一個要求？」

「什麼要求？」

「那個，我最近很忙，沒時間找女人……，所以……，那個……，能不能……」

「啊？對哦，你還年輕，沒關係，隨你高興。」

「真……真的嗎？」

「當然，反正要讓她吃點苦頭，那個或許比揍她有效。」

「對對對，我也這麼想，嘿嘿。」

「反正被銬著，也沒辦法抵抗，好，我們到樓下去，你動作快一點。喂——，我們走。」

兩個腳步聲走過地板，下樓去了。我加快開鎖動作，焦躁與不安令我手指打結，背部直冒冷汗。

「那麼，大姊，我就不客氣了……。我看看……哇，妳的內衣還真性感……」

冬繪發出嗚咽聲，嘴巴似乎被摀住了，只聽到她激烈踢腿的聲響。

「一下子就好了啦……，好……嘿嘿嘿，我好興奮。」

衣服劇烈磨擦聲。冬繪踢腿，發出含糊不清的聲音。

「好啦，大姊妳就安靜一點吧……，腳張開啊，對……對對，就是這樣……」

我拼命忍住想要撞開這道門的衝動，專心開鎖。

「哦……，啊、哦……，好久沒做了……，哦哦哦……，太爽啦……」

凸輪鎖開了。我立刻看向電子密碼鎖，只要按下冬繪剛才說的那四個數字，就能打開這道門。

（等等。）

突然湧現的懷疑，阻止了我的動作。

我是不是疏忽了，或許這是陷阱。剛才聽到屋裡的對話，全都是演戲，冬繪會不會協助四菱商社的人，企圖讓我掉進陷阱？

（她是壞人——）

「地下之耳」老闆的聲音突然浮現。

（那個人為了私慾在利用你——）

但是，剛才冬繪那種含糊不清的叫聲，絕對不是演戲，絕對不是。

「可惡！煩死了！」

我喊叫著，搖頭甩出腦袋裡的雜念，按下四個數字的密碼——響起細微的電子聲，門開了，我抓住門把，一口氣拉開門。

「信者得救！」

我大叫並衝進去，然後像個大力士般站在一角，環顧四周，尋找我要毆打的目標。從誰開始呢？誰先來？是你？你？還是你？等等，這是怎麼回事？從結論上來說……

「根本無法得救……」

我被一群男人團團圍住。

## 28 細節回頭再說

人數超過十人以上，全都是身強體壯、面貌凶惡的傢伙。

「哦……，太爽了……，大姊……，啊，哦哦……，太爽了……，哈哈哈！」

那人就是洋介吧。他悠哉地盤腿坐在地板上，捧著肚子大笑，冬繪就倒在他旁邊，雙手被綁在身後，哭紅著眼看著我。衣著整齊，不過嘴巴被另一個男人摀住了。

「喲，同行。」

一個體型相當高大的男人，從那幫人當中走出來，緩緩靠近。我突然覺得他很像誰，但是想不起來。

「我覺得田端的態度很奇怪，還故意講出電子鎖的密碼。不過你啊……，還真容易上鉤耶。」

從聲音研判，此人應該就是那個混帳老闆吧。他一身黑西裝，雙手交抱胸前，俯視著我。從衣服就能看出他的肌肉結實，彷彿身體有一半是胸肌；低沉渾厚的嗓音，宛如從胸腔深處發出來；慘白的臉龐沒有絲毫表情，一雙吊睛眼的黑眼珠特別小……，渾身散發出冷酷氣息，這傢伙真的是人嗎？

「冬繪……，妳還好嗎？」

聽到我這麼叫她，老闆挑眉說：「冬繪？」

「田端……，我記得妳不是叫冬美嗎？」

冬繪沉默地看著我，原本摀住她嘴巴的男人退下，我看到她的整張臉，雙頰紅腫，嘴唇破了好幾個傷口，血跡已凝固成黑色。

「算了，反正名字無關緊要。對了……」

老闆轉向我。

「你是三梨吧？那個專門竊聽的名人。」

「沒有，你過獎了……，我不是什麼名人……」

「是嗎？在業界還蠻有名的喔，新宿後巷的幻象徵信社。」

「沒有，我那家破徵信社跟四菱商社相比簡直小到不行，光是籌措每天的開支就費盡心力……」

「是嗎？我還以為你賺了不少呢。」

「別開玩笑了，我那裡才不像你們……」

我抬頭望著老闆。

「做那些骯髒事。」

老闆的表情與屋內的空氣同時凝結。

最先有動作的是那個叫洋介的男人。他從地板上跳起來，逼近我並瞪視著。

「我要殺了你你你——」

老闆迅速地伸手抓住那個叫洋介的肩。

「為什麼不讓我動手！老闆。」

洋介氣沖沖地來回看著老闆與我，整張臉因憤怒而赤紅。

「別那麼激動，四菱商社的員工不能那麼衝動。控制不了情緒的人，就沒辦法完成任務。」

「可是，老闆……」

「你是不是想說控制情緒會變成屎？」

我的話再度讓屋內寂靜無聲。

「屎是沒有感情的啦……，只有臭味。對了，順便告訴你們，黃鶯屎有美白效果，鼴鼠屎可以促進血液循環，這些東西都比你們有用，你們是最低級的屎，屎中之屎，下流的屎。」

我雖然滿口髒話，其實完全沒有逃離現場的對策。如果對方是屎，那我就是自找屎（死）路。

「三梨……，有沒有人說過你嘴巴很賤？」

老闆面無表情，只有嘴唇動了一下。我本來還想再回敬什麼不堪入耳的話，但除了屎以外已經想不到其他的，不得已只好老實回答：「有過幾次。」

對方撇撇嘴說：「我想也是。」

「那麼……，你知道禍從口出這句成語吧？」

「我知道禍從屎出。還有，我剛才也說過，黃鶯屎有美白效果，鼴鼠屎……」

洋介簡短地講了一句話，再度衝向我。雖然我這次也期待老闆會阻止他，然而老闆並沒有出手。洋介一腳踢過來，正中我的肋骨下方，我就像被丟出去的枕頭般彈到後方，背部與後腦杓撞上後面的牆壁，眼冒金星。接著如慢動作般，我的臉緩緩地靠近二樓的地板，我的鼻子就這樣撞了上去，喉頭有一股血腥味。冬繪發出笛鳴般的尖叫，不過那聲音馬上變成含糊的嗚咽聲。大概又有人伸出污穢的手摀住她的嘴巴吧。我看看，是哪個傢伙。當我轉頭過去時，正好迎上洋介使勁踹來的皮鞋鞋尖。那鞋尖好像裝了某種金屬物，有一種驚人的觸感，撞上我的嘴唇。我的身體倒地，還翻了一圈，後腦杓再度撞上背後的牆壁，眼前的金星比剛才更耀眼。

「你是白痴嗎？」

洋介蹲在我面前，揪住我的衣襟，把我提起來。看他又瘦又小，沒想到力氣還挺大的，我輕易被他提起來，就像用筷子撈冬粉一樣。

「也許是，我不清楚。」

我斷斷續續地回答。

「老實說，我不知道現在是什麼狀況？為什麼我會在這裡？為什麼我的員工也在這裡？」

我的視線越過洋介的肩，望向冬繪。冬繪渾身發抖，凝視著我，滿臉淚痕。她的嘴巴被摀住，無法說話。我轉而看向那個老闆，對方僅微微抖動嘴唇，給了我一句「你最好別知道」。

「如果你知道了，會很難過喔。我看你啊……，好像愛上了田端，對吧？三梨。」

「私人問題，我不予回答。」

老闆笑了。

「好吧，那就告訴你。你啊……，被我們騙了，田端現在還是四菱商社的員工，而且你也不是她的雇主。你呢，就是這個業界所謂的目標物。」

「原來如此……」

我嘆了一口氣，猛點頭，嘴角流出黏稠的紅色液體。

「哇，好髒！」

洋介放手，我的身體再度滑落地板，我奮力望向老闆，吐出這樣的話：

「看來幻象與四菱商社的認知有差異。沒關係，總之先把她還給我吧，在我的認知當中，她是我的員工，我要帶她回去，好好問問她。」

我撐著地板，抬起上半身，腹部與背部感到一陣劇烈疼痛。啪，發出了什麼聲音。

「你這傢伙真難溝通。」

老闆長長地嘆了一口氣。

「我都說了，田端不會跟你回去。洋介，你再跟這個大老闆好好說明一下，不過我看用講的他也聽不懂，就用你自己的方法吧，隨便什麼方法都無所謂。譬如……」

老闆講了幾個驚人的具體方法。聽起來，需要接受洋介說明的部位好像都是我身體的末端。

「在這之前，先讓他癱平吧，太躁動也麻煩。」

「沒問題。」

洋介轉向我，那雙宛如爬蟲類的殘忍眼睛，閃現喜悅的光芒。

「那麼，我開始說明了，不用講的。」

洋介抓著我的衣襟站起來，我好像一隻軟體動物，啪！頭頂上又傳來聲音。

「如果把你弄死了，可別怪我哦——」

洋介以左手撐著我的身體，右手使勁高舉。反正會被揍得很慘，最好趁早失去意識，我根本不打算抵抗，瞇起眼抬頭看著洋介，靜靜等待他的第一拳。當洋介的右拳揮向我的臉時，我的身體微微晃了一下。啪！頭頂上發出特別響亮的聲音。

「呃……」

洋介的動作停了。

他依舊抓著我，瞪大眼盯著我。碰！一個東西掉落在我的腳邊，我心不在焉地看了一眼。

本來遮住我耳朵的耳機掉落，裂成兩半，腦袋兩側頓時涼爽了起來，我的視線又回到洋介身上。

「怎麼了?不揍我嗎?」

「不、不……」

洋介目不轉睛地盯著我的耳朵，身體僵硬了起來。其他人也在他身後停止動作盯著我。老闆好像看到什麼噁心東西，皺著那對細眉。

「我是聽說過，不過……，原來是這副德性，真噁心！」

我無視於老闆說的話，轉頭看著洋介。

「揍啊，你不是打算揍我嗎?現在跟剛才有什麼兩樣?」

「可是……」

「我還是我，你揍的對象並沒有改變，我沒有變成另一個人。快啊，揍我啊。」

洋介仍舊動也不動，每一秒都讓我覺得怒火中燒。洋介的眼神。我最痛恨這種眼神，最不想看到這種眼神，小學時，班上的同學都以這種眼神看我，上了國中、高中，還是沒變，我……

「揍啊！」

「哇啊啊——」

洋介終於揮出右拳，然而這一拳很弱，完全不會造成傷害。他的拳頭打中我的左臉，「啪」的響起可笑的聲音，他馬上縮手。

「就說你們是屎啦！」

一回神，我大聲嚷嚷。

「現在跟剛才有什麼差別!?你跟我有什麼差別！噁心嗎？不想看嗎？」

每喊叫一聲，我的視界就跟著閃爍，沸騰的血液使得太陽穴嗡嗡作響。

「外型怎麼樣？外表又怎麼樣？為什麼不用力揍下去？為什麼放水？」

洋介還是僵著，後面那群人也是寂靜無聲，只是看著我。

這時候——

樓下突然傳來對罵。

「你要幹什麼？喂，給我站住！」

「囉嗦，閃開。」

「你是誰？」

「我嗎？我是正義使者！」

看來，又是笨蛋一個。

快步上樓的腳步聲，企圖阻止的怒吼聲。我們在二樓，一同看著入口處，等候闖入者現身。

「喲，美男子。」

一走進來，野原大叔便爽朗地向我揮手。

「你的臉真恐怖。」

野原大叔笑著環顧四周。不過，當他看到躺在地上的冬繪時，立刻收起笑容。他蹲下來，仔細查看冬繪臉上的傷勢。冬繪一臉困惑地仰頭凝視對方。

終於，野原大叔站起來，面無表情地看著老闆。

「這是你幹的嗎？四菱。」

老闆的名字叫四菱嗎？我都不知道。不過，這麼多人，為什麼野原大叔知道他是老闆呢？

「不關你的事。」

我發現一直很冷靜的四菱，第一次動搖了。

「講話還挺大聲的嘛，四菱。」

野原大叔的聲音低沉且狠毒，是我從沒聽過的。

「我以為那場病……，已經讓你一蹶不振了。」四菱也刻薄地回應，「你以前還挺帥的，可是現在完全看不到以前的影子。總之，你我已經毫無瓜葛，快滾！三梨你可以帶走，反正我的目標也不是他。」

「我要帶走冬繪。」

「那可不行，她是我的員工。野原老頭你……」

樓下又有腳步聲靠近，一個沉重，另一個輕盈。

「喂，四菱你這個餓死鬼，是不是做得太過分了！」

「啵！」

在門口現身的，居然是牧子阿婆和東平。

「什麼嘛，可惡……，全都來了……」

四菱一臉困惑地看著這兩人。

「野原徵信社重出江湖嗎……」

「聽說你幹了很可惡的壞事，所以趕來看看。」

牧子阿婆雙手交抱胸前，傲慢地說道。東平站在她身邊用力點頭。東平真的知道發生了什麼事嗎？至少我不知道，我完全搞不清楚狀況。

「……算我怕了你們。」

四菱這麼說道，便舉起雙手，以下巴示意壓著冬繪的男人。

「放了田端。真是的……，煩死了。」

接到指示的男人一開始有點困惑，不過還是從口袋裡拿出小鑰匙，解開冬繪的手銬。

野原大叔撐起冬繪的肩，扶她起身。

「美男子，走了。」

野原大叔對我這麼說，又催促牧子阿婆和東平趕快離開。不過，我還是搞不清楚狀況。

「算了，細節回頭再問吧。」

我也跟著他們走出大門，四菱指示部下留在原地，自己則跟在我後面。野原大叔扶著冬繪，東平牽著牧子阿婆，後面是我和四菱。六個人走下樓梯。

「野原老頭，下不為例。」

四菱一邊走著，一邊不滿地說道。這是我聽到他最像人的聲音。

「那要看你囉。」

野原大叔回答。

「如果你不做壞事，我們也不會來這裡。」

牧子阿婆接著說道。

「喂……，田端。」

一行人走到一樓時，四菱叫住了冬繪。

「那件事我答應了。」

冬繪瞬間露出驚訝的表情，之後鄭重地轉身，對四菱深深一鞠躬。

「給您添麻煩了……」

算了，細節回頭再問吧。

# 29 討厭一直挨揍

我們一行人往四菱商社的大門走去。鑲著玻璃的大門外停了一輛計程車，野原大叔他們大概就是坐這輛車過來的吧。

野原大叔扶著冬繪步出了四菱商社，後面跟著牧子阿婆和東平，四個人朝那輛計程車走去。我在大門前停下腳步，環顧事務所內的情況，辦公桌總共有三十張左右，分成兩區，數量真多，看來不止樓上那些傢伙，跑外務的員工應該不少。每張辦公桌上都有一台新型電腦，後方的牆邊擺著一台大型影印機，影印機旁有一台電腦伺服器。

「我有一個請求。」

我回頭看著四菱。

「什麼？」

「我想看看你們過去的檔案。」

四菱彷彿聽到什麼不可置信的話，皺著眉，身體往前傾。他盯著我，發出一聲「啥」，然後說：「怎麼可能讓你看？」

「七年前的就好，拜託！」

我用眼角餘光偷瞄門外的情況，野原大叔正與司機說話，對方頻頻點頭。看樣子，應該還要叫一輛計程車吧，因為一輛坐不下這麼多人。

「七年前？你想知道什麼事嗎？」

「對，我很想調查一件事。」

四菱伸出雙手，笑著說：「那就更不能讓你看了。」

接著又說：「不知道你想查什麼，但是我討厭惹麻煩。」

「請你通融一下。」

「沒辦法，你也是幹這一行的，應該知道這是常識。」

「是嗎？不可以嗎？」

我瞄了門外一眼，剛好另一輛計程車來了，還真快，應該原本就在附近吧。走出去的那四個人站在兩輛車旁，看著我這邊。

「哦，這樣正好！」我回頭看著四菱。「我討厭一直挨揍，無法還手。」

在我講完最後一個「手」字的同時，我直接衝向辦公桌。

「呀！」

我雙腳一蹬，跳上辦公桌，從散落文件的桌面上跳過去。當我跳到另一側時，迅速抱起影印機旁邊的那台伺服器，拉掉幾條電腦線，再跳過地板。

「你在幹什麼!?」

四菱繞過辦公桌，朝我這邊走來，臉上的表情非常猙獰。我把那個伺服器夾在腋下，迅速從辦公桌的另一側衝出四菱商社的大門。

「快逃！」

我一邊聽到背後追來的腳步聲，一邊朝著計程車方向奔跑。

「大家快上車！」

四個人一開始露出驚訝的表情，不過立刻轉向計程車。只要上了車，就能逃離現場。然而，此時卻發生意料之外的事。人都還沒上車，兩輛車就開走了，連車門都沒關。

「饒了我吧……」

我聽見司機喃喃自語，那兩輛計程車一眨眼就不見蹤影。

「可惡……，快跑!東平，牧子阿婆交給你了。」

我們啪噠啪噠地跑了起來，一溜煙地衝出巷口。東平單手抱起牧子阿婆，扛在肩上，以相同速度奔跑。四菱從後面追來的腳步聲，越來越靠近我們，我還聽得到他後面有幾個男人哇哇叫。看來是二樓那群傢伙發現不對勁，追出來了吧。

「嗯啵！」

東平扛著牧子阿婆，突然回頭，從紫色袖口撒出一些東西。是一大把撲克牌。我往後一看，正好看到落在柏油路上的撲克牌讓四菱腳底一滑，他如同漫畫人物般摔得四腳朝天。

「幹得好，東平！」

在我說完之後，我懷疑自己是否眼花了。

「啊……」

有個熟悉的東西從趴在地上的四菱後面緩緩靠近。

「那是……」

怎麼看也像是我的Mini Cooper，我那輛應該停在公寓停車場的老爺車，到底是誰開來的……

「不會吧，喂……」

怎麼會這樣！

駕駛座上坐著糖美，副駕駛座上坐著舞美，這輛嚴重違反交通規則的車正朝我們衝過來，吱吱——，Mini Cooper在我們面前緊急剎車。

「正義使者現身。」

「大家快上車。」

「這輛車的後座哪能坐得下五個人！而且妳們兩個……」

「不是五個，是六個哦。」

「帆坂大哥也坐在後面。」

一看，帆坂果然坐在後座，一臉抱歉地縮著脖子，嘴角微微露出笑容。

「隨便啦，細節回頭再說！」

我像塞青菜似地將野原大叔、冬繪、牧子阿婆及東平一個個塞進後座，自己抱著伺服器，像最後一顆蕃薯般滑到四個人的膝蓋上。「開車！」我一大叫，一千三百西西的馬力，發出強忍痔瘡之苦的男高音，開始動了起來。東平在幾乎動彈不得的狀態下，拿出一張撲克牌，從車窗縫隙往外拋。撲克牌乘風飄揚，飛向一邊鬼叫一邊追上來的那些傢伙。東平拋出牌的時候，我瞄了他的手一眼，那張牌沒有數字也沒有圖案，是一張空白牌，上面只寫了很醜的兩個字——笨蛋。Mini Cooper加速，四菱商社那些傢伙的鬼叫聲，以及老掉牙的恐嚇字眼，也逐漸遠去。

「妳們兩個怎麼會開車!?」

我轉頭看著前面。

「我們倆常看媽媽開啊！」

「我們倆聯手，所向無敵。」

「說不定這輛車很適合我們開耶。」

「信號燈的操縱桿在方向盤左邊。」

坐在駕駛座的糖美負責操縱方向盤和剎車踏板，而坐在左邊副駕駛座的舞美則看準時機換檔，並打出適當的信號燈。她們以為在打電動玩具嗎？

「不過我們不認識路，所以請帆坂大哥指引。」

「帆坂大哥好厲害，每一條捷徑他都很清楚耶。」

「那是我唯一的優點。」

帆坂被我們壓在後座的角落，那張長臉帶著微笑，眼鏡被擠歪了。

「妳們兩個，不是叫妳們乖乖在家等嘛！」

牧子阿婆在我耳邊怒吼，雙胞胎姊妹嘻嘻笑。

「那就不該告訴我們，你們要去哪裡啊！」

「看你們慌慌張張衝出去，我們當然很在意啊！」

牧子阿婆哼了一聲。

「算了，找個地方停車吧。快點招計程車比較妥當，要是被警察看到，那可不得了。對了，現在到哪裡了？」

「我看看，應該是九段北四丁目附近。」

帆坂回答。

「我不是問這個啦，現在是小巷子還是大馬路？」

「啊，是小巷子，路上沒什麼人的後巷。」

「在開到大馬路之前，隨便找個地方停車。」

「我還想再開一會兒耶。」

「我覺得已經很熟練了耶。」

「那些傢伙不會追來了，先找個地方停車。」

我在四個人的膝上呻吟。

「三梨大哥也怕警察嗎？」

「還是你怕出車禍呢？」

「都不是啦。」

我緊咬著牙根回答，我覺得快到極限了。

「我……醉得快吐了。」

# 30 成員相當壯觀

「那是在你拜野原大叔為師以前的事了，我和東平都在野原徵信社工作，不過我們後來都離職了，因為我受傷，東平生病了。」

牧子阿婆坐在醫院的長椅上，雙手交抱，粗聲喘氣。

「當時，四菱那傢伙也是野原徵信社的一員，那個餓死鬼在我們這裡工作時，是一個正常偵探。然而，有一天突然不見了，我們後來才知道他開了四菱商社這家名字聽起來很響亮的徵信社。」

來往大廳的民眾聽到牧子阿婆粗啞的聲音，不時瞄向我們這邊。

冬繪正在診療室接受治療。當我們八個人一同出現在這家醫院的掛號窗口時，年輕的女事務員還無法立刻分辨誰是患者，含糊地說著「那個……」然後來回看著我們。當我指著冬繪，表示「她跌倒」之後，女事務員立刻把冬繪當成急診患者，送進診療室。

「那傢伙……，四菱那傢伙跟東平是同期，兩人個性都很正直，工作很認真。」

牧子阿婆有點嗚咽地說道，仰望著天花板。

我還沒拜野原大叔為師之前，也就是老天爺還沒跟東平開玩笑的那段時期。當我敲打野原徵信社的大門時，東平已經用自己的部分生活能力，換取撲克牌的才藝了。

「傷腦筋……，我什麼都不知道，四菱的事不知道，你們的事我也不知道。」

我扭開手裡那個小瓶的瓶蓋，那是剛買的解酒液。

「我故意不講的，我以四菱為恥，牧子阿婆和東平已經忘了當偵探的事了。」

「……是嗎？」

我看著他們。牧子阿婆輕輕點頭，回答說：「是啊，發生太多事了。」

「這種工作就像生活在別人的人生陰影下，最後，連自己的人生也會受到影響，逐漸模糊，看不清楚了。」

牧子阿婆沉默了一會兒，拍了拍坐在旁邊的我的肩。

「你沒問題，因為你的本質很好。」

「三梨大哥只是啥都不想吧。」

「糖美，我正要那麼說耶。」

其實我原本也打算這麼說。

我只是什麼都不想，很沒出息。

「哦……，對了。」

我突然想起來，於是摸向大衣胸前的口袋，拿出「地下之耳」老闆送我的塑膠人偶。

「這個是他……」

再拿出來看，這個人偶怎麼看都像那個四菱。

「唉呀，真懷念，你怎麼有這個？」

「老闆給的，他說丟掉也無所謂。」

「四菱那個餓死鬼一聲不吭離開時，那個老闆也很生氣。」

牧子阿婆說的讓我好奇。

「離開時……，什麼意思？」

「那老闆原本也是野原徵信社的員工。」

「啥？」

「我和東平辭職時，他也一起走了，自己在外面開了那間酒館。野原的員工只剩下大叔，根本不會有業務上門，留下來也沒什麼意義。」

「唉呀，天啊……」

我不由得抱頭，連那個老闆也是他們的一員？原來如此，難怪他對野原大叔接過的案子那麼清楚。

不過，野原徵信社……，過去的成員還真壯觀。我有點想又不太想，看看當時的成員全都聚集在一起工作的光景。

「我去一下廁所。」

帆坂離開，朝走廊後面走去。或許是兩個小學生開車讓他緊張，才會跑廁所吧。途中，我看到年輕女護士自告奮勇要帶帆坂去廁所，帆坂微笑拒絕，表示「我自己去」，然後就這麼消失在廁所裡。

「好了，出來了。」

野原大叔出聲說道。冬繪靜靜地走出了診療室。

「讓大家擔心了。」

冬繪小聲地向大家賠罪，並深深鞠躬。那張臉貼滿了紗布，看起來很痛的樣子，就維持那個姿勢好一陣子。

「啊，冬繪小姐，妳的傷勢如何？」

從廁所回來的帆坂，擔心地問道。

「骨頭好像沒斷，只是皮肉傷，不過範圍很廣，所以才會花這麼長的時間治療。」

冬繪一次也沒看我。

我灌完了解酒液，臉頰內側一陣火辣辣地刺痛。

## 31 乖僻的想法

「妳說吧。」

我拿著帆坂做的冰袋敷臉，佯裝若無其事地說道。我全身關節痛到不行，連大衣也脫不下來。

冬繪從剛才就坐在辦公室沙發的一角，垂頭喪氣，沉默不語地擤著鼻涕。帆坂很擔心她，一直待在角落看著。其他人都回去了。

「不管妳說什麼我都不會被嚇到……，再也沒有什麼比小學生開手排車更恐怖的了。」

四菱商社的人暫時不會找到這裡來。我剛從醫院回程時，已經打過電話給四菱老闆了——「向您借的伺服器馬上就歸還，請勿掛心。不過，若是您那邊有什麼奇怪的舉動，所有資料就會立刻送到警方手上……」不知道四菱會不會乖乖聽話，或想出什麼對策，不過，現在應該還有點時間。

「我通通告訴你……」

冬繪低垂著臉，沙啞地回答。

接著，她開始結結巴巴地說起，事情至今為止的經過。令人相當難過的是，根據她的解釋，證明「地下之耳」老闆所說的都是對的。同時，我也終於明白東平遞給冬繪那張鑽石Q的意思。

冬繪真的是為了錢欺騙我、利用我。

「你第一次在車站叫住我，當天我就跟老闆……，跟四菱說了。我拿出你給我的名片，說明整件事的經過。」

「那傢伙當時怎麼說？」

我努力佯裝平靜地問道。

「他說，正好，就把你當成下一個目標。」

「目標？」

我一反問，冬繪便說出連我也沒料到的內幕。

「你也知道最近東京都內的徵信社一家家倒閉吧？那都是四菱商社幹的好事。勒索客戶，掠奪錢財的惡行，已無法滿足四菱老闆，於是他把目標轉向同行。他說要讓同行倒閉，提升四菱商社的業務量。四菱想出來的方法很簡單，他派四菱商社的人到同行的公司臥底，然後在該徵信社每次接受委託時，臥底就寄匿名信給調查對象，提醒對方被誰盯上了。」

「哈……，也就是全部拆穿嗎？」

「對。這麼一來，那家徵信社就無法從業主那裡收取報酬。」

「原來如此……」

如果所有委託都發生這種情況，小規模的徵信社很快就會經營不下去吧。

「幻象徵信社也是他的目標？」

冬繪點點頭。

「因為你很有名，所以四菱也很慎重地等待時機，其實他原本不打算出手，但是，因為你主動找我，所以……」

「求之不得嗎？」

「沒有人會想到自己找來的員工居然是內奸吧？」

的確沒錯。冬繪答應我的要求，加入徵信社時，我完全沒有懷疑她。

「所以事情才會進行得那麼順利啊！」

那天，縱使我提心吊膽地找她說話，她還是在當晚就接受我的邀請。那時候，我就該注意到有問題了。

「四菱商社答應給我巨額報酬。」

冬繪具體說出幻象徵信社倒閉時，她可以從四菱商社領到的報酬。那是一個讓我相當吃驚的數字，可以買好幾輛Mini Cooper。

「但是……，這也太奇怪了吧，為什麼毀掉一家破舊的徵信社，可以拿到那麼多錢？

對四菱商社而言，應該很不划算吧！」

「當時我也覺得很不可思議，不過經過今天的事，我大概明白了……。我想，一定是因為你是野原大叔的徒弟。」

「什麼嘛！四菱的想法也太乖僻了吧。」

我雖然這麼說，但也稍微能理解了。

我望向乖乖待在角落的帆坂。他好像察覺我的想法，連忙搖頭。

「我只是單純的職員，不會做出那種謀反的事。」

「我相信你。」

我重新回頭看著冬繪。

「那麼，根據原本的計畫——四菱商社應該會寄匿名信給我這次調查的對象黑井樂器吧？告訴他們，谷口樂器僱我去調查盜用樂器設計的證據，然後我的工作就會泡湯，巨額的報酬也飛了。」

「本來應該是那樣，但是……」

「黑井樂器發生了命案，我自己放棄報酬，取消這件案子，四菱商社的算計也全被打亂了。」

冬繪點點頭，然後首次抬起頭正視我。

「不光是那樣，意料之外的事情還有一件。」

她彷彿在心底做了某種決定，略微低頭後開口了。透過光線，我隱約看到她的嘴唇有一道很深的傷口。

「我發現自己真的想在這裡工作。前天，我打電話到四菱商社，鼓起勇氣表達我的意願。結果，今天早上，事務所的人突然闖進我家，強行把我押上車……」

我依稀記得前天在冬繪住的大樓附近聆聽她的聲音時，聽到她在講電話，原來講的就是這個啊。還有，四菱今天對冬繪說的內容被烏鴉叫聲干擾，我沒聽清楚。

（妳真的打算□□□的□□□嗎？）

「原來如此，他講的是『妳真的打算去三梨的徵信社嗎？』……」

「什麼？」

「沒有，沒事。妳說妳真的想在這裡工作？」

我把話題轉回來。

「是，是真的。有一次我們在這裡吃火鍋，我不是說過嗎？我想離開四菱商社，其實有一部分是真的。從來沒有人讚美過我的眼睛，玫瑰公寓的人都很友善，我……」

「等一下。」

我舉手阻止冬繪，她有點困惑地眨著眼。

「有兩件重要的事我想先確認一下。」

冬繪輕輕地點頭，等我繼續說下去。

我……不打算繼續跟殺人兇手交往。

而且……，我也不打算原諒七年前逼秋繪自殺的人。

先從哪一件開始確認呢？我有點猶豫，轉動眼珠，看到從四菱商社搶來的伺服器就扔在地上。

「從舊的開始好了。」

我重新面對伺服器，插上插頭，開啟電源。

「那個……，我可以待在這裡嗎？」

帆坂提心吊膽地問道。我點點頭回答：

「不是有句成語說，要死就死得痛快一點嗎？」

# 32 不該出現在身上的東西

幸好資料還在。我插上集線器，接上筆電，這樣就能進入伺服器了。進入時需要密碼，這個冬繪知道。密碼是BISHIYOTSU（菱四），真好笑。

我打開的資料，顯示在筆電螢幕上。

「我看看……，天啊，資料真多。」

「四菱的資料管理做得很徹底。」

工作資料夾依年份保存。點開年份資料夾，裡面出現一月到十二月等十二個資料夾，每一個資料夾裡，還有約五十個資料夾，保存著每一件案子的檔案。我操作觸控板，打開幾個七年前的資料夾，全是一些令人生氣的內容。首先，我看了證物檔案——五十來歲男子與年輕女子夜晚在公園裡卿卿我我；出租大樓廁所的偷拍影片；一身高級西裝的中年男子走進妓女戶。接著，我看了文書檔案的內容，每項工作概要都歸納完整，連每樣證物及要求付錢的勒索信也都妥善保存。

我越看越厭煩，便把筆電推給了冬繪。

「那件案子在哪裡？」

「哪件案子……」

「就是妳昨天講的那件案子啊，七、八年前的冬天，調查對象的情婦自殺那一件。妳說不記得那個情婦的名字，這裡面應該有資料可查吧？」

聽到我這麼說，冬繪露出困惑的表情，應該是不解為何我要看那份資料吧。我沒有跟她詳細說過秋繪的事，她只知道我們曾經同居。

「這樣好像不太公平。」

我把錢包拿過來，從裡面抽出用保鮮膜包好的那張照片，遞給冬繪。冬繪接過照片，不安地抬起頭。

「秋繪小姐……，跟她有關嗎？」

「七年前的十二月，秋繪在福島縣的山裡上吊自殺了。」

聽到我這麼說，冬繪的表情變了，看來她懂了，明白我為什麼要查那件「情婦」被她逼死的案子，也明白昨天在這裡提到那件事時，我為什麼會突然改變態度的原因了。

「幫我找出資料夾。」

冬繪就像一個假人，面無表情地靜靜轉向筆電，她的手指在觸控板上滑動，確認資料夾的內容。最後，她停下動作，側臉僵住了。

「──就是這個。」

我看向電腦螢幕，那是七年前十二月份的檔案夾。

「我的印象模糊，不過果真是七年前……」

「而且是十二月。」

也就是朝著可怕的事實邁進了一步。

冬繪打開整理過的文件。我看了一眼被調查的那位男性的名字，完全沒有印象。

「那個自殺的情婦的資料在哪裡？」

「當時報紙上的報導，都會用 PDF 檔保存。」

螢幕上的游標滑動，滑行的軌跡不太穩，那是因為冬繪的手指在發抖。

「——就是這個。」

電腦螢幕的正中央出現了報紙稿的掃描檔。那則報導很小，內容也不詳細。

「根據這則報導，遺體在十二月十三日被發現……」

「日期沒有參考價值，我不知道秋繪的遺體是在什麼時間點被發現。」

我是在過年以後，才得知秋繪的遺體被發現的消息。

「我只聽說是在十二月中旬。」

「那麼，時期是一致的……」

「好像是。」

我慢慢靠近螢幕，感覺心情越來越沉重。

「十二月十三日，福島縣的山林裡發現一名上吊身亡的年輕女性。當地一名無業男性（68歲）到山林裡散步時，偶然發現這具女屍，於是趕緊報警。死者已死亡好幾天，由於身上沒有外傷，警方初步研判是自殺，正在追查死者身分。死者身上並沒有任何證明文件，警方呼籲民眾提供情報。」

我的視線移開了螢幕。

「這樣根本看不出來……，上面完全沒寫任何跟死者有關的事。」

冬繪一臉複雜地看著我。不過，我搖頭了。

「不，我看出來了。」

「啊……」

「這不是秋繪，雖然地點和時間一致，不過只是湊巧。」

「但是，報導上寫說遺體身分不明啊？」

「沒關係，總之我看出來了，因妳而死的人不是秋繪。」

我操縱觸控板，關閉報導的檔案夾。冬繪還是一臉困惑地窺探著我。

「三梨先生，那個……該不會……」

帆坂發出細微的聲音，好像察覺到什麼。我迅速舉起手，制止他繼續說下去。

「夠了，帆坂，這件事到此結束。」

聰明的帆坂乖乖地吞下想說的話。

我雖說到此結束，心裡卻認為完全沒有結束。

腦袋裡同時擠滿了安心與困惑，剛才那則報導讓我了解秋繪並不是冬繪七年前恐嚇對象的情婦，冬繪所做的事與秋繪的自殺無關，這應該是值得慶幸的。只是，這麼 來，秋繪家中垃圾桶裡的白色信封與紅色膠帶又是什麼？

（白色素面信封啦。四菱商社的人都用那種信封，把證據照片及勒索信放在純白信封裡，然後用鮮紅色膠帶封起來……）

那只是偶然嗎？秋繪家裡的垃圾桶，只是恰巧丟著類似的東西嗎？

「等等……」

我把筆電拿到膝蓋上，再次查看七年前的資料。我想起剛才稍微瞄到的檔案裡，有一個疑問。

「就是這一個……」

那是出租大樓廁所的偷拍影片，文件夾的檔名是目標大樓的名稱。我知道這棟大樓，應該是……

「那個應該沒關係。」

「為什麼？」

「那是其他同事的案子，我不太清楚，不過那是女廁的偷拍影片，受害者並未被拍到臉，被勒索的金額也很小，所以對方不是不當一回事，就是付錢了事。大多都是那樣，不可能有人因此自殺……」

「是嗎？」

我繼續操作畫面，帶著滿心的厭煩與焦躁，不斷地打開影片檔……，這個不是……，這個也不是……，這個也不對……

「三梨先生，三梨先生，光看影像也看不出來，鏡頭都歪了，根本看不到臉……」

不是、不是……，這個不是……，這個也不是……，這個……

「三梨先生……」

我的手指僵住了。

盯著畫面，動彈不得。

（妳為什麼看鴿子？）

一雙腳踏在蹲式馬桶的兩側；是一雙美腿，看不到臉孔，內褲慢慢地褪下，膝蓋彎了下來……

就是這個，沒錯。

「就是這個……」

（我喜歡鴿子……）

就是這個殺了秋繪。

「三梨先生……，怎麼了？」

冬繪的聲音充滿不安，試圖從旁窺探電腦螢幕。

「不准看！」

我拿起筆電用力扔向牆壁，電腦畫面霎時一片慘白，擴音器傳出刺耳的雜音，在狹窄的屋內迴響著。聲音刺穿我的耳膜，侵入我的頭蓋骨，瘋狂地攪動我的腦漿。一股熱血衝上大腦，憤怒支配我的身體，我大叫，不停地尖叫，彷彿要將心底不斷升起的怒火從喉嚨裡吐出般。慘白的畫面開始閃爍，慢慢恢復原本的影像。秋繪的影像；把秋繪逼上絕路的影像。

「果然是你們！就是你們殺了秋繪！」

我抓著冬繪的衣領胡亂搖晃。帆坂發出害怕的叫聲，冬繪的頭隨著我的動作劇烈擺動……，眼睛卻無意識地望向落在地板上的筆電的螢幕。她看著影片，一臉不可思議的表情，彷彿無法理解看到的一切。那裡有個東西……，畫面上有一個不該出現在蹲者身體上的東西。

「怎麼會……」

冬繪喃喃地說道。

「可惡——！」

我放開冬繪，衝過去瘋狂敲打筆電，電腦發出機械遭到破壞的雜音，最後，螢幕上的畫面變暗。那一瞬間，我體內的某個按鈕也被關掉了，我像一具人偶般，渾身無力地癱倒在地板上。

淚水不斷地滑落。

「這下子……妳懂了吧？」

我趴在地板上痛哭。

「為什麼我光看那則報導，就能判斷那不是秋繪，妳懂了吧？」

我的聲音顫抖，因為淚水、憤怒等所有情緒而顫抖。

「那則報導寫著『年輕女性』，對吧！」

我自暴自棄地指著漆黑的電腦螢幕。

「……『他』就是秋繪。」

# 33 獨眼猴

我在地板上躺成大字型，腦袋枕在冬繪的膝上。好幾次，我以彷彿屍體說話的音量，為對冬繪做出那麼粗暴的舉動，向她賠罪。每次，冬繪都低頭看著我，對我搖搖頭。

帆坂不知是不是不想看到我，躲在角落，盯著地板。

我和秋繪的關係，很難一言道盡。

「我們不是情侶，我是異性戀者，所以我們之間是友情。」

八年前，秋繪在新宿的暗巷工作，就是二丁目常見的那種店。在上班途中，秋繪總會坐在鬧區小公園裡的長椅上，獨自眺望著鴿子。我開始四處奔走、努力工作時，經常看到秋繪的身影，也一直很注意他。

「並不是以異性的角度。當然，當時的我一直以為他是女孩子，覺得他很漂亮。不過，讓我注意到他的原因是……」

是他的模樣，他望著在腳邊徘徊的鴿子發呆，眼神非常寂寞、悲傷。

在某個風和日麗的日子，我鼓起勇氣向他搭訕。

「我很想很想知道，想到受不了，到底是什麼原因，讓這麼漂亮的女孩子這麼悲傷。」

「秋繪……，真的很漂亮。」

冬繪看著地板上那張秋繪的照片。我繼續說：

「當我跟別人說話時，早就做好心理準備，對方會對我投以歧視的眼光。實際上，大部分的人看到我的耳朵，都會露出那樣的眼神。但是，秋繪不同。」

我到現在還記得秋繪當時的表情，一開始是驚訝地抬起頭……，看到我的那一瞬間更驚訝，身體略微僵硬……，然後對我投以溫柔的微笑。與別人為了打消歧視而刻意佯裝的微笑不同，秋繪的微笑很率真。

「同樣都是有缺陷的人……，或許是心靈上有什麼相通了吧。」

我們就坐在公園的長椅上，天南地北的聊天。

「那時候，我還沒發現他是男人，只是覺得他很高，聲音很有磁性，我很笨吧！」

「後來，秋繪告訴我，說自己是男人，我嚇了一大跳，差點從椅子上摔下去。不過，我同時也明白，為什麼他會有如此哀傷的表情了。秋繪的煩惱是自己的身體，據說這個問題從小一直困擾著他，也沒辦法解決。不管過了多少年，秋繪仍舊帶著與身體相同重量的哀傷在生活。」

由於秋繪的坦白，我們的距離更近了。沒有刻意相約，不過我們每天中午都會坐在公園裡的那張長椅上，一起度過午休時光。

「為什麼看鴿子?」

有一天我問道。

「我喜歡鴿子……」

秋繪笑道。

「鴿子有什麼好看的?」

秋繪沒有回答我,反而望著在腳邊徘徊的鴿子,反問我:

「你知道怎麼分辨鴿子的雌雄嗎?」

聽到這麼唐突的問題,我歪頭不解。

「羽毛的顏色?」

「錯,羽色都一樣。」

「會下蛋的是母鳥吧……」

「看不到下蛋的那一瞬間啊……」

「那麼,孵蛋的是母鳥。」

「不對,鴿子是雌雄交替孵蛋哦!」

「到底要怎麼分辨?」

「答案是……」

秋繪淡淡地笑了。那麼寂寥的笑容,我一輩子也忘不了吧。

「沒人想要去分辨啊！」

秋繪說完後，便沉默不語了。過了很久以後，他又拋出一句話。

「我好想死掉，變成一隻鴿子……」

那時候，我覺得這個人也是獨眼猴。

「獨眼猴……」

「這是歐洲的民間故事，我忘了是什麼時候，『地下之耳』的老闆講的，他對於一些奇怪的故事很熟。」

從前，某個國家有九百九十九隻猴子。

那個國家的猴子全都只有一隻眼睛，而且都是左眼。有一天，一隻雙眼健全的猴子誕生了，結果牠被同伴排擠、嘲笑。在百般煩惱之下，牠弄瞎了右眼，與其他猴子同化……

故事就是這樣。

「妳覺得那隻猴子把右眼弄瞎是什麼意思？」

聽到我這麼問，冬繪困惑地歪著頭。

「我是這麼認為，說不定那隻猴子弄瞎的，是自己的自尊。」

冬繪無言地凝視著我。

「秋繪也很煩惱自己異於常人，所以打算弄瞎代表自尊心的右眼。但是，如果那麼做，一切都完了。如果喪失了自尊，總有一天心就會潰爛腐敗，一旦遇到煩惱，就會尋求苟且偷安的方向來解決。」

「什麼方向……」

我避開冬繪的視線，繼續說：

「有一天，我去那座公園，卻看不到秋繪坐在那張長椅上。」

我不知道自己是講給冬繪聽，還是自言自語。

「我有不好的預感。之前就聽他提過住在某公寓，於是我放下手邊的工作，跑去找他。我站在門口敲門，可是無人回應。門有上鎖，不過我深信自己的預感，馬上從公事包裡拿出開鎖工具，強行開門。屋內的窗簾全都拉上了，一片昏暗，我看到渾身是血的秋繪倒在地上。」

我大叫並衝了進去。秋繪割腕自殺，不過身體還是溫熱的，我馬上叫救護車，把他送去急診。

「幸好沒什麼大礙。」

我很高興，不過秋繪一點也不高興。

他躺在病床上，微微睜開眼，一看到我站在那裡，就察覺發生了什麼事。他不發一語地看著我，臉上的表情很哀傷。

等他恢復體力以後，我問他發生了什麼事。

「據說是老闆逼他辭職，因為他從以前就沒辦法在客人面前賣笑。其實我也不太清楚，不過聽說在酒店上班，娛樂客人比容貌還重要，『像女人』這種事根本是次要。」

秋繪對我說，他已經不打算活下去了，不管割腕多少次他都不在乎。我從秋繪淡然的口吻中，了解他不是自暴自棄，這是他喪失自尊的心，冷靜思考的結論。

「提議一起住的人是我。我問他，要不要暫時跟我一起住，當然，只要他想搬出去，隨時都可以走。當時的秋繪除了尋死，做什麼都提不起勁，所以並沒有反對。」

辭掉工作，開始與我同居以後，秋繪的狀態也逐漸穩定下來。或許是託玫瑰公寓的鄰居常來玩的福吧。當時，帆坂還沒加入，糖美和舞美還在念幼稚園。一個月以後，秋繪的臉上開始出現微笑。某天晚上，我回來時，秋繪正坐在沙發上翻閱打工情報誌。

「我想以女人的身分找工作。如果只是打工，不需要保險，所以不用真名也不會被發現，對吧！」

我覺得那也是一個辦法。因為我剛認識秋繪的時候，也沒發現他是男人。

「我贊成他，而且他真的去做了，也沒發生什麼問題。秋繪以女性身分，在一家小商社打工，做行政工作。他變得一天比一天更有活力，如果什麼事都沒發生的話……」

我在冬繪的膝上轉頭，望著被摔壞的電腦。

秋繪收到那段影片以後，會有多麼難過。

我想，四菱商社的員工一定是趁秋繪獨處時，才把那個交給他的吧。或者並沒有直接交給他，而是丟在公寓的信箱，連同勒索信一起放在白色信封裡，然後用紅色膠帶封起來。秋繪大概是收郵件時發現的吧。

那段影片應該被燒成了光碟吧。秋繪在哪裡看的?他的公寓裡沒有電腦,我猜在這個房間裡,趁我外出時看的吧。或許,信封裡裝的是畫面片段的列印。果真如此,在哪裡都能看,只要把東西拿到眼前。

無論如何,秋繪的肩上背負著與自己相同重量的悲哀,而這起事件成了壓垮他的最後一根稻草,讓他再也承受不了了。

「秋繪決定再度尋死,而且這一次不希望被我阻止,所以他什麼都沒說就離開了。」

我起身面對冬繪。

「秋繪在山裡上吊時穿著運動服,還把頭髮剪短了,沒有隨身行李,只帶著錢包……。妳知道為什麼嗎?」

冬繪緩緩地搖頭。

「一定是考慮到他父母。光是兒子離家到東京,就夠他們震驚了,如果遺體還穿著女裝,留著長髮,他父母一定會受到更大的驚嚇。秋繪不希望發生這種事,才會特地換衣服,把頭髮剪短,再上吊自殺。為的是不讓父母發現他在東京過的是什麼生活。隨身包包大概也丟在某處吧,因為裡面有化妝品。」

秋繪是個善解人意的人。

「你為什麼不告訴我,秋繪是男人?」

「沒什麼特別理由啊。妳一開始看到流理台下方那些大小不一的碗筷時……，是不是誤會了？」

「我一直以為是你前女友用過的餐具。」

「主動解釋好像有點欲蓋彌彰，所以我也就沒說了。如果告訴妳那傢伙是男人，引起妳的誤會，我還要解釋就太麻煩了。而且，他只是男兒身，心理方面和行為舉止都是女人。」

所以，我才會認為因冬繪的工作而喪命的「情婦」可能是秋繪。他跟我提過以前結交過幾個男朋友。

「秋繪是他的本名嗎？」

「怎麼可能，他的本名好像是……宗太郎吧。秋繪好像是他祖母的名字，他很愛他的祖母。」

不過對我而言，秋繪就是秋繪。

「三梨先生，這裡還有其他電腦嗎？」

冬繪帶著毅然決然的表情，對我說道。

「妳要幹什麼？」

「我要打開資料，確認七年前這件事是誰做的……」

我搖搖頭。

「沒有必要。」

我的聲音有氣無力，聽起來就像在嘆息。

「算了，現在把那傢伙找出來交給警方，也沒有意義。」

我突然明白了。

我想知道秋繪死亡的真相，因為我懷疑跟冬繪有關，然而知道真相並不能讓秋繪復活。我想知道的是，冬繪過去是否曾經陷我最重要的朋友於不幸，我只想知道這一點。當然，冬繪在別的案子中逼死了其他人。只是這件事，我沒有置喙的餘地。

「真的不查嗎？」

我點點頭。

「那些資料我會直接還給四菱商社，不會備份，我不再查了。」

我當然知道秋繪父母渴望知道兒子自殺的真相。然而，我無法將這個事實告訴他們。

# 34 丑牌的眞正意義

那麼，只剩下一個問題了——詢問冬繪關於黑井樂器命案的時刻到了。她與這起命案究竟有什麼關聯？她是否殺了那個叫村井的男人？

但是——

我的思路好像打結了，無法順利運轉到該追問她的問題。

有個字眼一直卡在我的腦海深處。過去，我略微意識到那個字眼，卻沒想過它可能有其他重要意義。然而，它現在卻在我的腦海深處蠢蠢欲動，強調它的存在。

就是剛才在電腦上看到的字眼；那則報導裡出現的字眼。

福島縣山林裡的年輕女性——

山林裡的年輕女性。

年輕女性。

「年輕女性……」

我喃喃地念著。冬繪不安地望著我。

「那則報紙的報導嗎？可是，那跟秋繪不是……」

「不，不是。」

我舉手制止她。

「我不是在想秋繪的事，不是以前發生的，而是現在這起命案。我覺得……，嗯，等等哦。」

啪！腦海中傳來第一個聲響。

「咦……」

那一瞬間，我發現腦海中原本散落且凌亂的無解碎片，全都組合成一座金字塔。所有的碎片都擺在對的位置，而金字塔頂端的最後一塊碎片很眼熟，那是跳舞的丑牌

丑牌。

那個混蛋——

「冬繪，可以跟妳確認一件事嗎？」

我在眼底仔細觀察腦海中的金字塔，慎重地發問。

「黑井樂器的村井被殺的當天晚上十點左右，妳該不會正在進行四菱商社的其他案子吧？」

聽到我這麼問，冬繪有點困惑。

「所以，我問妳當時在做什麼時，妳無法回答我，對吧！」

冬繪稍微猶豫了一下，然後點點頭。

「你說的沒錯——」

「那個時間，妳和勒索對象約好在某處見面，對嗎？」

冬繪凝視著我，微微點頭。

「對。」

「妳不是第一次勒索對方吧。」

「嗯，第一次進行得很順利，第二次也很順利，那次是第三次。那天晚上十點，我本來要向對方收取第三次贖金。」

「但是，怎樣等也等不到對方現身。」

這次，冬繪並沒有否定。

「妳握的把柄是什麼？」

「盜用公款。對方挪用公司的大筆公款。某業主委託我調查，我掌握到對方盜用公款的證據。」

「不過妳並沒有把證據交給業主，反而是拿著那個證據去勒索調查對象，對吧？」

「對，這是四菱商社的作風。」

「委託妳調查的業主……」

冬繪痛苦地承受我的視線。

「是黑井樂器命案的死者村井吧？」

冬繪靜靜地，卻很肯定地點點頭。

「原來如此……，原來是這麼一回事。」

這個架構也未免太單純了吧！從四菱商社二樓的大門衝進去時也一樣，我怎麼這麼蠢，老是被簡單的伎倆騙呢！

「我終於搞懂東平的撲克牌的意思了。」

東平遞給我的兩張撲克牌——丑牌與黑桃A。

黑桃A果真代表兇手使用的凶器，也就是菜刀。然而，丑牌所代表的並不是被害人村井。

我站起來，走向大門。帆坂慌張地問：

「三梨先生，你要去哪裡？」

「我去趕一下小丑。」

冬繪也起身，拉住了我。

「三梨先生，你最好別再插手管這件事。」

「妳想當替死鬼嗎？」

這句話讓冬繪緊咬下唇，露出脆弱的表情。

「我會用和平方式解決，我保證。帆坂……，泡杯熱茶給她，我馬上回來。」

「可是……」

「冬繪，妳一邊喝茶，一邊向帆坂說明。他一擔心就會跑去做叉燒。」

我走出了辦公室。

# 35 忍耐的極限很容易就……

我一靠近刈田的辦公桌，他馬上挺胸坐直，表情嚴肅。

「三梨，你還來做……」

「我還來做什麼？要我在這裡回答嗎？我是不在乎啦。」

刈田肥胖的脖頸上，那嘴巴半敞的臉孔越來越紅，一雙凸眼瞪得老大，眼白充血。

「我……我們去頂樓吧。」

刈田慌張地站起來，扯了扯上縮的褲管，直挺挺地走出辦公室。我尾隨在後。

頂樓沒有人。我雙手插在大衣口袋裡，單刀直入地問了。

「是你寄匿名信給警方和報社吧？」

刈田一邊轉動眼珠，視線潰散，「嗯」的一聲，然後清了清嗓子，一點也不以為意地點點頭。

「你說那個啊？對，是我寄的，那件事是我做的。協助警方逮捕殺人兇手是義務啊，我之前也跟你說過了嘛！」

「那你為什麼認為兇手是『叫田端的年輕女人』?」

刈田似乎不了解我這麼問的用意,探著頭猛眨眼。我接著說:

「那封匿名信寫著『黑井樂器命案的兇手是一個叫○○的年輕女人。我是目擊者』。報紙上以○○取代的字眼是田端吧。」

「那……那是你聽到的名字啊。那天晚上去找村井的人,是一個叫田端的女人,不是嗎?這是你告訴我的啊。」

「沒錯,我是這麼說過。」

我緊盯著刈田。

「不過,『年輕女人』這四個字,我可完全沒提過。」

刈田訝異的表情看得我大呼過癮。

「那天晚上,我不但沒看到女人,連行凶過程也只是從這裡聽到的。快十點的時候,有人打村井的手機,我從對話中聽出些許聲音,加上高跟鞋聲,才會猜測是一個叫田端的女性,但也只有這樣。我根本不知道那女人是否年輕。既然如此,你為什麼認定對方是年輕女人?」

我往刈田靠近一步。他就像一隻被迫以雙腳站立的鬥牛犬,戒慎恐懼地往後退了好幾步。

「我保證不報警。因為工作的關係,我也不想跟那些人有瓜葛。」

瞬間，刈田的眼裡閃現安心的神色，但立刻又浮現警戒。他略微低頭，沉默不語。

「不相信我嗎？」

對方仍舊沉默。我從剛才就有一股衝動，想要痛揍那張肉餅臉。不過，既然已告訴冬繪「會用和平方式解決」，那就必須保持冷靜，不能欺騙夥伴。

「我能體會你信不過私家偵探的心情，因為你被偵探敲詐了兩次嘛。」

刈田那對眼珠子快掉下來了。我第一次看到人類的眼睛可以張到這麼大。他很慌張，嘴唇顫抖，啞著嗓子「你你你……」個不停。

「……你知道？」

「剛剛知道。我知道你一直盜用谷口樂器的公款，而這件事不知為何被黑井樂器的村井發現了。村井僱用四菱商社一名叫田端的女偵探調查你的事。女偵探調查的結果，發現你確實盜用公款，還拿到了證據。然而，她並沒有向業主村井報告，而是向你勒索。我沒說錯吧？」

我滔滔不絕地說道。刈田只是瞪著我，不知如何反駁。我故意以他聽得到的音量嘆了一口氣，然後從口袋裡拿出手機。

「如果你不想說，那我也沒辦法。雖然不是我的本意，但也只好借重警力……」

刈田衝過來抓住我的手。

「好……好啦！我說，我全都說。」

於是，刈田開始說了。

他挪用的公款總共加起來超過一千萬圓。

「以年份來計算，金額也不算大，不過已經持續了五年，所以……，嗯。」

刈田完全失去蠻橫的架勢，垂頭喪氣地彎著腰，好像一隻飢餓的蟾蜍。我雙手插在大衣口袋裡，看著這樣的他。

「後來被黑井樂器的村井發現了？」

「是啊，那傢伙好像經常看到我們在頂級餐廳吃飯，終於起了疑心。」

「我們？」

刈田避開我的視線，牧、牧、牧個不停後，又咳咳咳地清一清喉嚨。

「是牧野。」

「原來如此。」

早就料到她也有分，就是會計部那個女人，我還記得她留在電梯裡的香水味。

「村井認為只要掌握我們盜用公款的證據，就能擊垮谷口樂器。品牌這種東西，一有什麼不好的評語傳出來，身價立刻下跌……」

谷口社長好像也講過類似的話。

「所以，村井僱用女偵探田端調查你。而女偵探掌握你盜用公款的證據，並以此為把柄威脅你。你屈服於對方的勒索，付了贖金。然而，事情並沒有就此結束，對方又勒索了第二次。你再度付了錢，覺得這樣下去不行，對方一定不會善罷干休。因此，你想出一個計策。萬一田端這女人再勒索第三次，你打算進行某項計畫，同時解決兩個絆腳石——村井與田端。」

把黑井樂器的村井殺了，就能除掉發現自己盜用公款的人。再把殺人罪推給田端，也就是冬繪的身上，這樁勒索就能劃下休止符。

刈田顯得很氣餒，抬起嬰兒般肥短的手，緩緩地撫摸臉頰。

「這原本是牧野的建議。當我聽到她的計畫時，非常高興，心想原來有這麼巧妙的方法。她的話術，怎麼說呢……，相當厲害，她真的很會講話。在我聽來，這簡直就是一石二鳥、毫無破綻的完美計畫。」

「某天，田端這個女偵探終於進行第三次勒索。你把這件事告訴牧野，於是你們決定將這個計畫付諸行動。預定在晚上十點……，田端所指定的時間下手。」

刈田大概已經看破了吧，他低著頭，露出毛髮稀疏的頭頂。

「計畫進行的當天中午過後，先由牧野冒充田端，利用公共電話撥打村井的手機。村井的手機號碼，只要問一下共同客戶馬上就查得出來吧。牧野要求村井在當天晚上十點，獨自留在辦公室等她。」

村井以為是委託調查谷口樂器員工盜用公款案有什麼進展，根本沒有起疑就答應了對方吧。

「另一方面，你向我謊稱聽到村井在咖啡廳跟某人通電話，誘騙我在晚上十點計畫犯案的時間，竊聽村井的辦公室。我完全不疑有他，當晚就在頂樓竊聽黑井樂器的公司內部。」

刈田微微點頭。

「晚上十點以前，牧野再度謊稱是田端，用公共電話打給村井，表明現在正要過去。村井打了內線到警衛室，把警衛騙出黑井樂器大樓。這時候，應該是拿著菜刀，走進黑井樂器大樓殺死村井的時刻了。我猜這應該是你的工作，穿著高跟鞋走進黑井樂器的人，是你。」

刈田並沒有否定。我儘量不去想像刈田穿著高跟鞋的可笑模樣，繼續講下去。

「你進入黑井樂器大樓，走到村井所在的企劃部門口，大概是用刀柄之類的東西敲打牆壁，把對方引誘到走廊上。就在對方開門走出來時，你便一刀刺了過去！」

當我說出這句話時，刈田雙手捧腹，表情扭曲，看起來很痛苦。不過，怎麼看也像是在演戲，而且是對我表示悔意，然而我裝作沒看見。

「從黑井樂器出來後，你將凶器放進信封裡捲好，丟在垃圾集中處很明顯的地方，等待有人發現。那是田端威脅你所使用的信封，大概是裝著你盜用公款的證據吧。」

於是，警方在當晚就發現了凶器，並且在信封上找到一枚指紋。那是冬繪的指紋，是刈田故意留下的。刈田直接從冬繪手上拿到這個信封，很清楚哪裡有她的指紋。

「然後，你再回到這棟大樓，專程端了一杯熱咖啡到頂樓上給我。那是為了讓我以為你一直待在辦公室。」

那杯咖啡溫暖了我的身體，也讓我對他懷有感謝的心情，真是過分。

「當殺人計畫正在進行時，田端一直在約定的地方等你。你們交換贖金與證據的地方一定是個人煙稀少又僻靜的場所吧。既然沒什麼人，要找出目擊者就很困難。也就是說，在村井被殺的這段時間，她沒有不在場證明。」

在命案發生的隔天，冬繪從我口中聽到村井遇害的部分始末，大概就知道自己被刈田陷害了吧，而且也無計可施。就算追問刈田，如果對方不承認，她也無可奈何。若想要報警，恐怕連自己的工作內容都得說明清楚。再說，警方那時候並沒有懷疑她，如果輕舉妄動，可能招致危險，因此，她必須遠離刈田與牧野。

「你們想出的這個計畫，有一個必要的配角，那就是『看到不該看到』的目擊者，也就是我。」

所以，谷口樂器僱用了我。刈田在冬繪進行第二次勒索之後，便隨便找了個理由，說是黑井樂器可能盜用谷口樂器的設計，向谷口社長建議僱用我。

「其實，根本沒有什麼盜用設計吧！僱用我的理由什麼都可以，其目的只是在田端進行第三次勒索，你們必須執行計畫時，把我當作命案的目擊者而已。」

也就是說，讓我竊聽命案現場，只要我認為「兇手是一個叫田端的女人」就行了。之後，再慫恿我向警方提供情報，萬事就OK了。真是個單純沒品的計畫。

為了讓谷口社長同意僱用偵探，以樂器設計被盜用這個理由，或許還不賴。樂器設計原本就沒有那麼多樣化，只要刈田講得天花亂墜，我想那個社長也會覺得煞有介事吧。

「谷口社長相信你所說的，於是委託我調查。我每天竊聽黑井樂器大樓裡的情況，尋找根本不存在的證據。我的調查毫無結果，不過這也是理所當然，因為根本沒有盜用設計的事實。我把這個結果寫成報告交給你，然而你每次都竄改內容，改成黑井樂器或許真有盜用嫌疑，再提交給谷口社長。」

我就覺得很奇怪。

「你之前提出的報告，我也不打算用了，你這麼努力幫我，真是可惜了……」

今天早上，我在黑井樂器附近巧遇谷口時，他對我這麼說道。但是，我的報告根本毫無用處，因為他委託我的工作，並沒有任何具體成果。之前提出的報告，我也寫得一清二楚，尚未發現任何類似盜用樂器設計的證據。

刈田竄改報告的理由很簡單，如果谷口僱用的偵探一直沒有任何調查結果，他擔心谷口會跟我解約。為了執行計畫，他千方百計要谷口僱用我。萬一在計畫執行之前我被解僱，那麼一切就白費工夫了。

於是，我就這樣被利用，一如他們的計畫，聽到了命案的部分始末。然而，卻發生了一件出乎他們預料之外的事。

「當你聽說警方在找『鬼鬼祟祟的男人』時，一定很驚訝吧？」

「是啊，確實嚇了我一跳……」

被害者村井為了支開警衛，於是用了「一個男人在大樓附近徘徊」的藉口，警方的搜查才會朝意外的方向進行。這是刈田他們始料未及的。

「所以，你才會急著催我吧！要我把那天晚上聽到的部分細節，盡快告訴警方，也就是告知警方『兇手是一個叫田端的女人』這個訊息。可是，我一直不肯照你的指示去做，最後，你只好寄匿名信給警方和報社。」

刈田點點頭，下巴的肥肉都擠出了衣領。

「是啊……，萬一警方在搜查『鬼鬼祟祟的男人』，一個不小心，懷疑到我身上，那就不妙了……」

我很想問哪個部分會「一個不小心」，但是很麻煩，還是算了。

儘管如此……

我盯著刈田。這男人沒發現自己的計畫有個大漏洞吧？如果是這樣，那就真的蠢到不行了。

「順便請問一下……，你有沒有發現，這次計畫的失敗率很高？」

「呃……」

刈田說不出話，看來真的是蠢蛋一個。

「要是警方真的查到田端那個女偵探，你們打算怎麼辦？她一定會告訴警方是被你們陷害的哦。目前的搜查毫無進展，她並不會主動向警方通報。因為這麼一來，她也得說明自己的劣行。然而，一旦被視為嫌犯、遭警方逮捕時，就沒辦法考慮那麼多了，她應該會坦承一切吧。這麼一來，警方馬上會逮捕你們喔。那時候，你們打算怎麼辦？」

「打算怎麼辦？怎麼……，啊……，咦……？」

刈田的嘴巴一張一合，眼睛盯著我。不過，最後好像想到了什麼，眼神突然一亮。

「又沒有證據，不是嗎？找不到任何證據可以證明是我們做的，對吧！沒有證據。」

一副你又能奈我如何的模樣。

「你覺得這……是什麼？」

我的右手從大衣口袋裡伸出來，讓他看著我手裡的東西。

刈田不可思議地瞇起眼。

「這不是那個嗎？就是你常戴在頭上的耳機……，只有一邊。」

「沒錯。其實今天出了一點狀況，弄壞了。不過，幸好部分功能還能使用。」

刈田似乎聽懂了，頓時臉色發白。我接著說：

「幸好錄音功能還在，剛才的對話全都錄進去了。」

「三、三梨……」

刈田從喉嚨深處擠出一點聲音。我把那東西收起來，繼續說：

「你不用擔心，我現在不打算把這個交給警方，只是以防萬一，先保管著。」

「以防萬一……，可是三梨，警方終究會找到田端那個女人啊！」

「還不都是你造成的！」

「是那樣沒錯……，但是……」

「剩下的就看老天爺的安排了。」

我轉身背對著刈田。

繼續看這男人的臉孔，我的怒火就要爆發了。這傢伙真會利用我；這傢伙還企圖讓冬繪背黑鍋，成為殺人兇手；這傢伙毫不在乎地殺人，完全不知有人死去時，周遭人的心情會有什麼變化。

想點別的吧——我用力呼吸，突然覺得現在的我，好像連續劇裡的偵探，揭發命案的真相，與真兇在頂樓談判……。我以為現實生活裡的偵探，一輩子與這種劇情無緣呢。

「對了，刈田先生。」

我稍微意識到自己還是連續劇的偵探，轉身問道。

「你該不會再耍些什麼爛招，對付那個叫田端的偵探吧？」

刈田思考了一會兒，以低沉的聲音回答：

「事到如今，什麼都不做……比較安全吧。」

「我也這麼認為。」

「我不會再輕舉妄動了……，嗯？對，我不會了……，要是輕舉妄動，也是……沒什麼用。要是我那個……，對啊，要是我再寄匿名信，可能會被陷害。對，有可能。總之我不會再……，就是那個……，呃……」

刈田講話突然抓不到重點。

「你在講什麼？」

「我在講什麼？我說……，就是……」

刈田的眼裡露出些許光芒。應該說是第六感吧，我瞬間意識到那光芒混雜著安心、喜悅與殘忍，我驚覺不妙，迅速轉身……，然而太遲了。

我感覺左胸受到重擊。

那個牧野就站在我面前。臉頰僵硬，嘴唇顫抖，雙手用力握的居然是一把超長的剪刀。刀尖已刺穿我的胸口，我清楚感覺到部分尖端已穿透背部。

「你們……會下地獄。」

我只有喃喃地說了這一句，便跌落在冰冷的水泥地上。我雙手緊握著插入胸口的剪刀柄猶豫著，在這種情況下，應該立刻拔出來？還是不要拔？

「最好不要拔出來喔，哇哈哈哈！」

我沒有出聲詢問，刈田卻伴隨著歇斯底里的笑聲回答我。那張漲紅的臉，在夕陽西下的冬日中，看起來比實際大上好幾倍。

「血可是會噴出來喔，會噴出來……，哇哈哈哈！」

刈田轉向牧野，大叫「得救了」。

「刈、刈田先生……，我……」

「別擔心，把屍體藏起來就沒事了。對，藏好就沒事了。先藏在頂樓的角落，等員工全部下班後，半夜再載到別的地方丟棄，丟到海裡，不，丟到山裡，對，丟到山裡，這種人渣在山裡爛掉算了！」

刈田滔滔不絕地牽動著嘴角，牧野則是一臉蒼白地來回看著我與刈田，渾身抖個不停，非常害怕。她很驚訝自己所做的一切，看來並不是個無藥可救的惡魔，只是笨吧。

「你們兩個……」我躺在水泥地上說：「好像……不知道，那……我就告訴你們……」

刈田臉部的表情扭曲，一邊回嘴：「沒……沒什麼好說的！」

「我……被埋在冰冷的雪堆裡長達半天也沒死……，衝進幫派的……事務所打人，也是活著走出來……」

兩個蠢蛋低頭看著我。

「我……是不死之身……」

公蠢蛋大笑。

「不、不死之身！哈哈哈，牧野妳聽到了嗎？他說他有不死之身！如果你真的是……

咳咳……真的是……咳咳，那就站起來啊，你如果有不死之身，那就馬上站起來！」

「昨晚沒睡飽，很想躺著休息一下……」

「沒睡飽！哈哈哈，沒睡飽！喂，大偵探，在上班族的世界，這種藉口可是行不通的，對吧，牧野，我說的沒錯吧！」

「沒辦法……，再說，這裡是辦公大樓的頂樓……」

我就遵守上班族的規則，站起來吧。

那兩個人就像沖繩的石獅般，瞪大了眼。

「託這傢伙厚實的胸部，救了我一命。」

我探向大衣胸前的口袋。牧野的剪刀，確實刺穿了胸口，是四菱厚實的胸口。

如果是體型單薄的野原大叔人偶，或許我早就死了。我得感謝四菱的體格，以及忠實呈現四菱體格的塑膠人偶師傅。

「雖然老闆那麼說，不過很慶幸我沒有丟掉它。」

我把剪刀從人偶身上拔下來，還給呆立的牧野。她像個機器人般，以僵硬的動作接了過去。那雙眼皮深邃的眼睛忘了眨動，只是機械性地睜著。

「三、三梨……，那個……，那個……」

刈田的雙手不安地在身體兩側擺動，勉強擠出一點聲音。

「我會忘記剛才所發生的，不會再思考你們的事了。」

「是……是嗎？那就太、太好了……」

「因為我跟別人約定了。」

我對冬繪說過，會採取和平方式解決，就算對方使出與和平相差十萬八千里的手段，也不能改變心意。所謂的約定，並不會受到他人言行的影響。

「不過，你也要答應我，忘了她——那個叫田端的偵探。」

「嗯、嗯，我會的，知道了……」

刈田急急點頭，我瞥了他一眼，轉身打算離開。對，我打算離開了，從頭到尾都打算採取和平方式，嚥下憤怒、強忍憎恨。沒想到……

「我不想再看到那女人的臉……」

刈田卻說了不該說的話。

「太難看了，那張臉……，雖然老是用墨鏡遮住眼睛……，不過我看過一次，那副大墨鏡底下的眼睛……」

我回頭。刈田的嘴角略過一抹冷笑。

「是怎樣的眼睛？」

我順口一問。刈田撇嘴說道：

「正好跟我喜歡的類型完全不同，是單眼皮的小眼，所以那女人才會戴墨鏡，她對自己的臉沒自信，可見得連心都出了問題。對，一定是這樣，那個女人討厭自己的臉，所以……」

我的憤怒指標突然攀升，忍耐極限已經破表了。我的身體動了，一彎腰，身體向前傾。一回神，我發現自己舉起右手，使盡全力朝刈田的臉上揮揍。刈田發出「呀」的粗啞叫聲，身體往後飛，頭部撞到水泥地板，再度發出同樣的叫聲。他的雙手抬起，雙腳大張的模樣，簡直像一隻蟾蜍。牧野微張著嘴，臉色慘白地看著我，彷彿車站前的銅像般動也不動。

我離開了谷口樂器。

# 36 多管閒事

我握著 Mini Cooper 的方向盤，想起那個風和日麗的午後，我在谷口樂器大樓頂樓聽到的對話。

「對了，你還記得我一開始問的問題嗎？」

「嗯，你問『為什麼狗鼻子比人類靈敏幾萬倍』，對吧？」

兩名襯衫男的對話造成了我與冬繪的相識。從那時候到現在，還不到一個月，真是不可思議。

「沒錯，就是這個問題。我再問一次，你知道為什麼嗎？」

「不知道……，完全沒頭緒。」

「答案很簡單。」

「簡單……」

「答案就在臉部的構造。」

「臉部的構造……」

「狗的鼻子很大。狗這種動物，鼻子占了臉部的一半哦。」

一陣沉默後，他突然大笑。

「怎麼可能有這種怪談嘛，你可別當真……」

「什麼嘛，開玩笑啊？」

「當然是開玩笑啊。那女人有一雙單眼皮的小眼睛，不過五官很可愛就是了。」

「那她為什麼總是一個人在車上傻笑呢？墜機的那個時間點，她為什麼會說出『掉落』？」

「我怎麼知道！」

「結果還是謎。」

「無關緊要的謎啦！」

「謎底向來很簡單。」

我握著方向盤，嘟囔著說道。天空中飄浮著霞光美麗的雲朵。我從靖國大道轉進小巷子，一靠近玫瑰公寓，就看到冬繪站在一樓大門前。傑克在她腳邊嬉戲，用牠健康的那邊臉，磨蹭冬繪的膝蓋。我把車停好，走向冬繪。

「冬繪，妳在這裡做什麼？」

「我很擔心，在辦公室裡坐不住啊！」

她的墨鏡在四菱商社被摔壞了，現在臉上什麼也沒戴，那雙我最喜歡的可愛眼睛，在夕陽下閃閃發亮。

「一切都結束了，我採取和平方式解決了，妳想知道細節嗎？」

冬繪搖搖頭。

「看到你平安回來，我現在很滿足。」

「等妳想聽的時候，我再說吧。」

「對了，帆坂和大家都很擔心你，快點上樓……」

我抓住欲轉身的冬繪。

「可以告訴我嗎？」

冬繪回頭看我，一臉不解。

「妳今後打算怎麼辦？或許有一天，警方會來問妳有關黑井樂器命案的事。當然，我已握有洗清妳殺人嫌疑的證據了。」

我從大衣口袋裡拿出斷裂的單邊耳機，剛才與刈田的對話就錄在裡面。

「但是，如果想要洗清妳的嫌疑，必須把妳做過的那件事告訴警方吧！也就是勒索刈田的事。」

「我已經有心理準備了。」冬繪輕鬆說道：「要是有這麼一天，我打算將以前做過的壞事全部向警方坦白，包括七年前害人自殺的事。反正，我一定要為自己做過的事贖罪，到時候應該會坐牢吧。要是真有這一天，等我出獄以後，會再來幻象找工作。」

這時候，冬繪才第一次露出不安的表情。

「還是……這裡不用有前科的人？」

我不自覺地笑了出來。

「我怎麼可能在意那種事。」

「是啊，你全都知道了呀。」

冬繪淡淡一笑，臉上露出非常後悔的表情。

「為什麼找我？你明知我在四菱商社這種黑道徵信社工作，為什麼還來找我？」

「很無趣的理由。我覺得跟妳的……興趣很合。」

「興趣……，什麼興趣？」

「廣播和電影啊！妳還在四菱商社工作時，每天在通勤的電車上都在聽廣播吧？就是那個星期五早上播的狂熱問答節目。」

「你是說那個節目啊，對啊，我有聽，都是邊聽邊笑。」

因為她的一頭長髮在臉頰兩側垂落，所以黑井樂器那個襯衫男才沒發現她的耳機吧。

「可是，你怎麼知道？」

「我無意間聽到的。」

我隨便矇混過去。

「總之，我也喜歡那個節目，都有收聽，雖然收音機是隔壁鄰居的。」

「電影呢？對了，之前玫瑰公寓的鄰居在你的事務所聚會時，你問過我是不是喜歡弗爾茲的電影，你怎麼知道這種事？」

「那也是因為那個廣播節目。某個星期五——就是飛機撞上阿蘇山的那天早上，妳在電車上挑戰節目中的謎題吧！就是關於那個電影導演的題目。」

——拍過恐怖電影、名字倒過來念剛好是日文的導演是誰？提示是《*The Ring*》（七夜怪談西洋篇）。

「啊，我記得，正確答案是高爾維賓斯基！」

——Gore Verbinski！哈哈哈，他的名字倒過來就變成了「下巴」，對吧？

「對，但是妳以為是盧西奧・弗爾茲（Lucio Fulci）（註一）。」

所以，她才會在電車上喃喃自語：「掉落！」

「廣播的收訊不良，我聽成《開膛手傑克》（註二），弗爾茲的作品裡，那部最恐怖。」

「我想也是。不過，我因此知道妳也喜歡弗爾茲，對妳產生興趣。這種瘋狂的興趣，遇到同好比什麼都重要呢。所以，我才偷偷跟蹤妳。可是，妳居然在四菱商社上班，我真是太驚訝了，根本沒想過妳是偵探，當時有點高興，決定邀請妳加入幻象。如果能跟興趣相投的人一起工作，一定很愉快。」

「真的是……很無趣的理由耶。」

冬繪一臉遺憾。

「我剛才就說了啊。」我笑道。

但是，冬繪似乎察覺我的謊言。

「真的只有那樣嗎？只因為廣播和電影的興趣一樣，你就來找我？應該還有其他理由吧……」

「這個嘛……」

我稍微猶豫了一下，決定說實話，再騙下去也沒什麼意義。

「我總是很在意……獨眼猴。」

「就是那個弄瞎右眼的……？」

「對，那隻毀掉自尊心的猴子。」

---

註一：盧西奧 Lucio，日文是ルチオ，倒過來念就變成了オチル（ochiru），日文「掉」的意思。

註二：《開膛手傑克》（Jack the Ripper），日本片名為《ザ・リッパー》，念起來與《ザ・リング》（*The Ring*七夜怪談西洋篇）的發音雷同。

我直盯著冬繪。深呼吸，吐氣。不知道為何，突然有點緊張。

「妳不是討厭自己的眼睛嗎？所以老是戴著墨鏡。」

冬繪在眼前輕輕抬起一隻手。

「之前不是跟你說過嗎？小時候，大家都會嘲笑我的眼睛，在黑板上畫我的臉。我本來不在乎，那時候突然開始在意，同學們察覺到這一點，竟然變本加厲，罵了很多很難聽的話，做了很過分的事，譬如……」

冬繪把當時受欺負的具體內容告訴我，情況相當悲慘。我想那些小小的加害者，並不是真心想對冬繪怎麼樣，只是單純的機率，冬繪被選為他們宣洩的對象而已吧。小孩子是很殘忍的，根本不知道玩笑式的攻擊可能會改變他人的一生。

我想起冬繪以前讓我看過她頭髮下的小傷口；自殺未遂留下的痛苦傷口。

「從那時候起，我總是低著頭過日子，不肯拍照。長大以後，我決定在人前永遠戴著墨鏡。」

「所以……妳開始做那種工作？」

「對啊，整天戴墨鏡的粉領族，很奇怪吧？」

「我跟蹤妳，看著妳的樣子，突然有一種感覺。讓妳在那裡工作的，應該是妳的自卑感吧。因為自卑感，妳拋棄了自尊，做起勒索的工作。」

我跟蹤冬繪時所看到的背影、側臉、動作，甚至倒映在地面上的影子，全都對我坦白著她的內心世界。

「你說的沒錯。反正要低頭過日子，那我就要做壞事，做壞事賺大錢，比那些嘲笑我的人賺更多錢……」

冬繪抬起頭，說到一半，便說不下去了，聲音微微發抖。

「秋繪也是獨眼猴。」

我接著說：

「那傢伙也是因為心靈與身體不一致，因此失去了自尊心，最後走上絕路。所以，我看到像妳這樣的人，就會覺得很哀傷，很不安。也許我只是多管閒事。」

冬繪垂著臉，低聲表示贊同。

「沒錯……，多管閒事！」

「我還是要重申，妳的眼睛很漂亮，我真的這麼認為，不是客套，我也不打算隨便找些話來增加妳的自信。我想說的是……，自卑感只是妳這麼認定，如果要說妳有什麼缺點，那就是妳過著沒有自尊心的生活。」

我不想說這種話。我不認為自己有說服他人的力量，而且我比誰都清楚，這一類話題有時候反而會擴大對方內心的傷。然而，我的嘴還是自顧自地說了。

「想想這棟公寓裡的人吧，大家總是快快樂樂地生活。算命、做叉燒肉、喝點小酒，互相嬉鬧……」

「是啊，大家都非常……」

冬繪花了數秒尋找形容詞。

「堅強。」

「妳知道他們為什麼這麼堅強嗎？」

面對我的問題，冬繪只是搖搖頭。我告訴她正確答案。

「因為他們毫不在意。不論是我，還是他們，都不在意自己的身體缺陷，所以這麼堅強。野原大叔沒有鼻子、牧子阿婆沒有雙眼、糖美沒有右手、舞美沒有左手、帆坂沒有雙腳，總是坐輪椅……。東平會玩撲克牌娛樂大家，但是他無法思考艱深的問題。然而，這裡沒有人因為自己的缺陷而煩惱，所以大家都很開朗堅強。」

野原大叔沒有鼻子，因為以前嫖妓感染了梅毒，沒有接受治療，鼻梁因細菌感染導致塌陷腐爛。這是梅毒特有的症狀。

牧子阿婆跟我提過，她的雙眼因重傷而失明，那是一起追撞車禍造成的。當時，她坐在副駕駛座，正在用望遠鏡觀察東西。當初，聽到她這麼說，我還很訝異怎麼會發生這麼離奇的車禍，不過現在想一想，一定是在野原徵信社時，因為工作所受的傷吧。我是不敢問啦，不過我懷疑開車的人是野原大叔。

糖美和舞美各失去了一隻手，那是發生在她們念幼稚園的時候。姊妹倆感情很好，走路時總是手牽著手。有一天，一輛狂飆的摩托車從她們倆中間衝撞過去。我到現在還記得很清楚，當時，她們的母親在醫院裡嚎啕大哭的模樣。不過，糖美和舞美都很堅強，堅強到令人難以置信。她們不久就適應了缺少一隻手的新生活，對母親、我，還有鄰居們展露開朗的笑容。

聽說帆坂的雙腿是因為先天性疾病，在嬰兒時期就被截肢了。

「因為我就像幽靈一樣——」

看似開玩笑的那句話，應該有兩種意義吧。一種是失去雙腳，另一種是離鄉背景。帆坂在父親驟逝時，不顧周遭人的強烈反對，獨自從北陸鄉下來到東京。他不想成為母親及兩個弟弟的負擔。他之所以會選擇到我的徵信社工作，據說是因為很喜歡玫瑰公寓罕見的設計——只有兩層樓，卻有電梯。

「這棟玫瑰公寓相當老舊，隔壁鄰居的聲音聽得一清二楚，誰站在門口一眼就看出來了。然而這裡的歡笑，不輸給任何高級大樓，妳如果搬過來住就知道了。在這裡，沒有人在意自己或對方的身體缺陷，他們是一群很棒的人，不是獨眼，也不是雙眼，是一群不在乎眼睛數量的猴子，一群很棒的猴子。」

世人看到鴿子，只覺得那是「鴿子」，並不在乎公母。我想，這應該是相同的道理。這棟公寓裡的人，看到人只覺得是「人」，如此而已。他們本身都具有這種看似簡單，實則難以擁有的感覺。

「你好壞，把大家比喻成猴子。」

冬繪微微地笑了。

「野原大叔的鼻子、牧子阿婆的眼睛、糖美與舞美的手臂、帆坂的雙腳，還有東平被老天爺惡整的腦袋，都已經無藥可醫了，不過妳心裡的傷還有救。受傷的自尊心隨時都能恢復原狀。其實，人類的心永遠不會受傷，只是最初的傷快結疤時，又被語言、尖銳的指甲抓傷，再度出現新的傷口。我看到那些治得好，卻不肯接受治療的人……，索性放棄的人，真的很難過，我們真的很難過。」

不知道冬繪聽到這些會有什麼感受，她只是低頭不語，偶爾咬著下唇。

「三梨先生……，可以問你一下嗎？如果讓你覺得不舒服，我很抱歉，但是我真的很想知道。」

冬繪猶豫了一會兒，小心翼翼地問道。

「為什麼你沒有耳朵？」

我忍不住笑出聲。

「也不是完全沒有，腦袋兩邊還是有兩個洞啊，只是沒有耳殼而已。就耳朵的功能來講，雖然比一般人差一點，不過沒什麼大礙。」

「是啊……」

「我不是說過，小時候住家被積雪壓垮的意外嗎？那時候，我被埋在雪堆裡長達半天，所以耳朵凍傷了，整個耳殼脫落。」

我忘不了失去耳朵以後，第一次照鏡子的瞬間感受。我知道，今後不管發生什麼事，我都無法回到照鏡子以前的世界了；那個盯視自己的少年再也恢復不了以前的模樣了。一聽到「恐怖」這兩個字，到現在還是會想起那一瞬間。

「小學時期，因為我的姓氏及這個特徵，被大家嘲笑『沒耳朵』。國文課講到〈無耳芳一〉（註）時，有個同學發現我的名字可以拿來玩。那對我的打擊比『孤兒一郎』還嚴重。」

我看著摔壞的耳機。

「但是，我不認輸。」

當時，我對於自己的外貌及聽力抱著強烈的自卑感，所以下定決心改造，讓自己的耳朵勝過任何人。我自學音頻線路及助聽器的構造，使用卡式錄音機改造的自製擴音器，在市售助聽器動手腳，不知不覺……，做出了這副耳機。

「不過，我從沒想過做出這種東西以後，居然還開了一間專門竊聽的徵信社。」

聽說格雷翰・貝爾（Alexander Graham Bell）是在研究助聽器時，偶然發明了電話，

---

註：〈耳なし芳一〉，日本傳統民間怪談，日文念成miminashihouichi，與本書男主角三梨幸一郎minashikouyichirou的讀音雷同。

如果一不小心，或許他也會當起偵探，被捲入命案呢。

「人生真的不可預期。我也覺得你那個接收器很棒，乍看之下，還以為是一副超大型耳機呢。」

「其實也不是什麼了不起的東西。」

這個耳機型接收器的構造非常單純。

我只是把一般的箱型電波接收器改小，方便戴在頭上。簡單的按鍵操作，就可以切換頻道，改變接收訊號的FM電波頻率。竊聽器採用「FM頻率」，每一個都能利用專屬頻率，將聲音傳送回來。所以，只要在建築物裡面裝上竊聽器，什麼地方發出什麼聲音，都能用這個耳機聽得一清二楚，其構造與電器街及郵購商品中販賣的竊聽系統沒什麼兩樣。

「你裝在黑井樂器大樓的竊聽器回收了嗎？」

「還沒，我打算等警方不再進出時再去回收。」

那棟大樓裡裝滿了我的竊聽器——走廊上的通風管內、日光燈箱內、保險箱下方、插頭裡……，還有頂樓的長椅底下。那些都是我偽裝成清潔工混進大樓時，逐步安裝的，連電池我都會定期更換。竊聽器的體積很小，小到連放在招財貓裡面都不會被發現。

「我身上的竊聽器也還你。」

冬繪從上衣口袋裡拿出一個小小的方塊，那正是我裝在借她的弗爾茲錄影帶裡的竊聽器。

「妳什麼時候發現的？」

「在我被四菱商社的人抓走之前。那些人來到我家樓下，我心想萬一遇到什麼狀況，該怎麼跟你聯絡。於是我突然想到，你一直很在意我的行蹤，而且在玫瑰公寓住戶聚會的那一天，你還建議我挑一支錄影帶。我覺得你或許會在裡面裝竊聽器，回家後立刻拆開錄影帶，果真被我發現了。」

「那件事我很抱歉。」

「辦公室那個箱子裡的錄影帶，全都裝有竊聽器嗎？」

「不，只有妳帶走的《生人迴避》。其實，我也不太想竊聽妳家的動靜，然而，妳跟那起命案有沒有關，讓我很困擾……，所以，我打算聽天由命。那麼多支錄影帶，我只選了一支裝設竊聽器。」

「結果我偏偏挑中那一支。」

「沒錯。」

我從冬繪手中拿回那個小小的方塊。

我在安裝竊聽器的時候，沒想到居然能幫到她。今天早上與她失聯時，我賭上些微可能性，將耳機調到與這個竊聽器相同的頻道。結果，只有一瞬間，我聽到冬繪在四菱商社的休旅車上求救的聲音，就在休旅車經過我身旁的那一瞬間。

「救我的耳機也摔壞了。」

「我會找時間再做一個。」

下次，我打算做成毛線帽，在某些場所戴毛線帽比戴耳機自然。

「不過，別再竊聽我囉。」

「那當然，我會好好反省。」

「我會盡量待在你聽得到的地方，你就不必做那種事了。」

冬繪沉默了一會兒，似乎下定決心再度開口。

「三梨先生……，你說你和秋繪是朋友，但我覺得不是。」

「不是跟妳說過，我不是『那個』嗎？」

我慌了，她在說什麼啊！

「我和秋繪……」

「或許你這麼認為，不過秋繪一定很喜歡你，跟你同居的那一年，他一直愛著你。」

「秋繪？怎麼可能。」

我笑道。

「我懂他的心情。」

「為什麼妳懂？」

剎那間的空白——

接著，頭頂上的幾扇窗戶同時被拉開。

「美男子，你終於成功了。」

「你們兩個，別再講那些讓人臉紅的情話啦。」

「三梨先生、冬繪小姐，我知道很多很棒的約會地點哦。」

「冬繪姊姊乾脆搬過來住就好了嘛。」

「這麼一來，就能跟我們一起吃晚餐了。」

「嗯啵！」

我發自內心地嘆了一口氣。

「一群唯恐天下不亂的傢伙……」

我抬頭瞪視著那群鄰居。

「你們從什麼時候躲在那裡偷聽？」

「一開始！」

牧子阿婆代大家答道。

「我們貼在牆上偷聽，呼吸急促，可是你完全沒發現。你那對耳朵還是一樣不靈光，少了竊聽器就不行。」

「沒那回事，我剛才只是……講話太專心了。」

也不知道他們怎麼解讀，一起「哇」的發出歡呼聲。

「不過——」

牧子阿婆突然探出頭，露出很生氣的表情。

「你說我們是猴子？」

「呃，那……」

我又嘆了一口氣，突然覺得認真回答好麻煩。

「那只是一種比喻啦。」

# 37 愚者

就這樣，冬繪正式成為幻象徵信社的員工。

冬繪原本的租屋已解約，她隨後搬進了玫瑰公寓的空房。

某天，在我與谷口樂器簽約時所告知的戶頭裡，有一大筆錢以谷口動的名義匯入，那筆錢比結案後領到的酬勞多出好幾倍。在我收到匯款的同時，也收到谷口寄來的一封信。根據信上的內容表示，在那之後，刈田向谷口坦承一切，並到處借錢償還盜用的公款，最後與會計部的牧野一起辭職。匯到我戶頭裡的錢，應該是封口費吧，我決定大方收下。

後來，我在報紙上看到刈田與牧野被捕的新聞，罪名是殺人及共犯。這樣的結局並不是因為他們主動自首或谷口告密，而是警方鍥而不捨的調查結果。在警方的偵訊過程中，雖然出現四菱商社與田端這個女偵探的名字，不過警方並沒有調查到冬繪。似乎是因為四菱說了「田端是假名，事件發生後她就失蹤了，所以我不清楚她的下落」這樣的口供。我和冬繪都因為四菱而得救，雖然救我的不是四菱本人，是他的塑膠人偶。

警方當然沒有立刻採信四菱的口供，只搜索了四菱商社的事務所。不過，那家公司完全不用紙張文件，所有資料都存在被我搶走的那個伺服器裡，而那個伺服器，居然在我寄快遞送還時，忘了註明「易碎物品」，因此裡面的資料都流失了，也無法修復，變成一具廢物。四菱與我們，算是都得救了吧。

就這樣，我又展開沒有大起大落的平凡生活，感覺就像從很吵鬧的地方回到了安靜的場所。

我覺得經歷了這次的事件，好像一口氣讓我複習了各式各樣的記憶。有些應該是過了一陣子就忘了，但另一些大概會牢記在我的腦海裡，一直到死吧。這樣的選擇性記憶，一定會一點一滴地影響我的生活方式，就像過去一樣。

人類這種生物，應該是由記憶組成的吧。不是外貌，而是所見所聞的事實，成就了一個人吧。我想，大概是「如何記憶事實」決定一個人吧。而如何記憶事實，隨個人喜好，由自己決定。

想著想著，我居然因為長智齒發燒，整整睡了兩天。

「那麼，開始吧，本週的狂狂狂……狂熱問答！（襯底音樂是ABBA最經典的〈*Money, Money, Money*〉）」

上午七點二十分，隔壁的收音機叫醒了我。我摸摸額頭，似乎退燒了。

「首先公布上週的正確答案。一套撲克牌，其中有一張印有大標記，請問是哪一張？

好了，正確答案是……」

「黑桃A。」

「黑桃A！十七世紀的英國政府，打算利用國內盛行的撲克牌課稅，於是決定由政府印製黑桃A，再以高價賣給業者。但是，如果那張牌的圖案太單純，業者很容易偽造，因此才會變成那麼大又複雜的圖案。」

「真的嗎？我第一次聽說……，好冷。」

我從被窩裡爬出來，身旁看不到時而沉睡、時而說夢話、側臉沐浴在朝陽下的冬繪。在這棟公寓，已經不可能發生這種事了。最近那些傢伙，整天都在尋找嘲弄我們倆的話題。

我隨便翻了翻雜誌，開始製作毛線帽型的接收器。這時，帆坂來上班了。

「燒退了嗎？」

「託你的福。」

才看他高興地笑了，沒想到他又皺眉，壓低聲音說：

「對了，三梨先生，昨晚我突然想到……，谷口動這人匯給你的錢，應該要歸還吧！」

「歸還？為什麼？」

「因為盜領公款和命案全都水落石出了嘛，如果那是封口費的話……」

「別管他，收下就是了。正好我今天打算領一些出來。」

「啊，要做什麼？」

「去買點東西。」

我一走出徵信社，遠遠就看到冬繪從走廊另一端走過來。她好像很冷，縮頸躬身，瞇著眼。在那之後，她沒再戴墨鏡了。

「啊，早，你看起來好多了。兩手空空，也沒帶接收器，要去買東西嗎？」

「答對了。」

「我跟你去，反正我也沒事。」

「不，別跟著我，我一個人比較自在。」

我下樓，坐上我的Mini Cooper，往車站方向開去。我逛了幾家百貨公司，買了許多聖誕禮物和葡萄酒。與同伴分享臨時收入是我的原則。中午過後，我抱著葡萄酒、一大堆包裝好的禮物，還有一個裝有略微高價物品的小盒子，回到了徵信社。我一吆喝，公寓裡的人馬上聚集過來，連「地下之耳」的老闆都來了，好像是野原大叔通知他的。那張原本無精打采的臉，露出愉快的表情，還帶來許多瓶酒。看來，他早已忘了不久前才幫我開過一場「送別會」。

冬繪在狹窄的廚房做聖誕大餐。她曾經提過對料理很不拿手，不過似乎是假的。帆坂在一旁以充滿愛意的眼神望著用刀俐落的冬繪。

大家都很喜歡我送的禮物。傑克得到松坂牛肉，冬繪有一條羊皮圍巾，帆坂拿到一份以日本地圖為主題的布質月曆，他母親與兩個弟弟也有禮物，分別是頸部按摩器、萬花筒與木製相框，野原大叔則拿到有田燒的日本酒壺與酒杯。牧子阿婆得到飛驒高山櫸木雕刻的高級不求人，東平獲得電子飛鏢遊戲組，糖美與舞美的禮物我也搞不太清楚，那是店員替我挑選的娃娃配件組，過幾天還會送來一組小型音響。等那個送來以後，廣播的音質也會比現在清晰吧。

只有那個小盒子，我趁大家不注意的時候，偷偷塞進枕頭底下。不知道會塞在那裡多久，也許是幾個月，也許是幾年，也許永遠也不會拿出來。

我們叫了外送披薩，暢飲酒類、果汁，嬉鬧了好一陣子。東平還是跟以前一樣，表演移動撲克牌、叼出撲克牌、將撲克牌塞在耳後等把戲，娛樂大家。

「對了，東平先生，我上次切叉燒時，你不是發牌給大家嗎？」

帆坂不常喝酒，臉頰因而緋紅一片。

「你發了什麼牌？」

東平滿臉笑容，宛如千手觀音般，將雙手迅速伸向四面八方。經過這段誇張的表演之後，野原大叔的膝上出現了「手上無東西的Q牌」、糖美與舞美面前有一堆「沒有紅心K的人頭牌」、牧子阿婆的手裡多了一張「丑牌」。情況與那時候一模一樣。

「原來如此啊！」

理解力很強的帆坂，似乎立刻了解撲克牌的意義。啪地拍手，搖晃著細長的頭。

野原大叔是「手上無東西的Q牌」——通常，Q的手上一定會拿著「花」。這是「沒有鼻子」的雙關語（註）。

糖美與舞美是一疊「沒有紅心K的人頭牌」——因為所有的人頭牌圖案，只有紅心K有雙手。

牧子阿婆的「丑牌」——單純是「阿婆」的意思吧。

全都是東平才會開的玩笑。

「對了，東平。我這家徵信社加入了冬繪這位新員工，幫我算算看明年的運勢吧。」

東平聽到我的請求，很高興地在空中拋出一組撲克牌。這時候，門鈴難得地響了。帆坂出去應門，門的彼端傳來窸窸窣窣的交談聲。

「噗唏！」

東平讓撲克牌從右手飛到左手，再用嘴巴啣住其中三張。一張給冬繪，兩張給我。

「我看看，明年的運勢……，咦？」

我看著自己的牌不解，於是探頭看了冬繪的牌，確認一下。

「一樣……」

「是啊……」

與那時候一模一樣的牌。冬繪第一次在這裡吃火鍋的隔天早上，東平在走廊上給我們的牌。我是丑牌與黑桃A，冬繪是鑽石Q。我的丑牌代表的應該是谷口樂器的刈田，而黑桃A指的應該是凶器啊。至於冬繪的牌，應該是表示她為了錢使壞啊。這都是過去的事情，不是嗎……

「嗯……，啊？」

我思考了一會兒，突然靈光一閃，腦海中浮現冬繪那張鑽石Q的意義。我微笑地看著東平，東平也笑著回望著我。

「鑽石Q啊！」

什麼都逃不過他的法眼。

我望向屋內一角，那個隨意擺放的枕頭，還有枕頭底下的小盒子，也許明年就能把它送出去。

我怕被其他人察覺，趕緊看著自己的牌。

「但是，這個丑牌與黑桃A是什麼意思？」

「那個，三梨先生……」

帆坂從門的彼端探頭進來。

「稅務局的人來了，對方說這家事務所的經營者必須支付追徵的稅金，加上利息，大

---

註：日語的「花」與「鼻子」的發音相同，都是hana。

概是……」

帆坂講出一個令人驚訝的數字，在場者紛紛目瞪口呆。門口站著一名戴著方框眼鏡、頭髮梳理得很整齊的西裝男子，以一副「怎麼樣」的態度看著我。

「原來如此……，丑牌和黑桃A……」

我垂下頭，下一瞬間，屏住了呼吸。

「丑牌與……黑桃A……，噗！」

我抖著肩膀，晃著肚子，終於忍不住笑了出來。

看來，黑桃A是「稅金」的意思。

而丑牌是「愚者」之牌，原來指的不是別人，正是我自己。

站在門口的那名稅務員，訝異地看著笑個不停的我。

新年到了。補繳的那筆稅金雖然讓我心疼，不過託谷口動那筆錢的福，生活上的開銷及公司經營，都有不錯的開始。某一天，我趁有空去了一趟整型醫院。那家醫院相當有名，還在電視上打廣告。我問醫生有沒有辦法做出逼真的耳朵?醫生回答可以。他說有一種叫做Prothese的整型醫療素材，可以彌補人體上的缺陷。醫生拿了幾個樣本給我看，除了耳朵，還有手指、鼻子等等，連細毛都一根根地植上去，精緻度幾可亂真。於是，我請醫生替我造耳。出門時，我還順便問了野原大叔要不要做鼻子。他笑著回答，都這把年紀了，不了。

過了一個月，我的義耳做好了，在醫院裝好之後，回到徵信社。鏡子裡的我，怎麼看也像「普通人」。

「現在的醫術真高明。」

「三梨先生，你的耳朵好好看喔。」

冬繪和帆坂看到我的耳朵都連聲稱讚。

「過去，有些業主第一次看到我就嚇跑了。現在，裝上這東西就不會失去這些生意了，還能多賺點錢。」

幾天後——

結束與新業主的會議，回到公寓的我，在二樓的走廊上被突如其來的尖叫聲嚇得停下腳步。從徵信社裡同時傳來「哇」、「哇啊」的喊叫。

「怎麼了？發生了什麼事？」

我急忙開門，衝了進去。冬繪與帆坂望著地板上的兩個膚色物體，愣在原地。

「討厭，別把耳朵放在奇怪的地方啦。」

「嚇死人了！我還以為是煎餃怪呢！」

「什麼，原來是那個……」

我還以為發生了什麼事。

「你怎麼不把耳朵裝上去？」

「都特地做了啊。」

兩人來回看著我的臉和地上的義耳。

我解釋說：「那對耳朵好像有點大。」

還有一個理由。

「我總覺得很不自在，好像在騙人。」

偶爾還是會有看到我拔腿就跑的業主吧。

但是，僅以眼見為憑的人，我沒興趣。

我想，或許這樣正好。

——（全文完）

# 擅長製造雙重敘述性詭計的推理玩家

解說／杜鵑窩人

認識一位日本推理作家到非常欣賞他，竟然在不到一年的時間，這不得不歸因於機緣巧合吧。

我個人會知道有道尾秀介這位作家應該是從「台灣推理作家協會」與日本推理界交流的出訪活動開始的。在二〇〇八年三月中旬，「台灣推理作家協會」的四名會員，應「日本推理文學資料館」館長、日本MWA會員及推理評論家權田萬治先生之邀，前往日本東京參訪；其中一位作家冷言回國後表示，他在東京參加了日本推理作家綾辻行人的簽書會，同時見到了目前被公認是日本「推理界之新希望」的年輕作家道尾秀介，而在他給我看的照片中顯示的是一位長相秀氣且靦腆的男生，影中人看起來比其實際年齡（資料上為一九七五年出生於東京）年輕不少，甚至單就外表來看，說他還是大學生應該也不為過吧。當時，我倒是有些詫異和不解，雖然說人不可貌相，海水不可斗量，倒是真的很好奇這位年輕作家究竟有何過人之處？可以在當今能人輩出的日本推理界，被許多人視為足以支撐日本推理界下一個新時代的人物。當下非常希望能拜讀他的作品，萬萬沒想到台灣的出版社也已經注意到這顆竄起的新彗星，讓我這麼快就有機會閱讀到道尾秀介的小說了。

二〇〇八年，台灣的出版社一口氣推出道尾秀介四部作品的中文版，分別是皇冠文化的《背之眼》和《骸之爪》，以及獨步文化出版的《向日葵不開的夏天》和《影子》。這四本是道尾秀介從二〇〇五年出道以後所出版的前四本長篇，此外，據說還有四本短篇小說集則是台灣尚未譯介。當我依序讀完這四本長篇之後，對於道尾秀介這位作家真的只能以欣賞推崇來形容我的心情了。姑且不論道尾秀介那個被中國推理愛好者天蠍小豬在《骸之爪》導讀中提出的「渾沌理論」，單單道尾秀介本身的說故事能力就是許多推理作家所不及的。不論文學評論家怎麼說，我個人認為推理小說既然是大眾小說的一環，那麼創作者吸引讀者的說故事能力就不應該不足乃至沒有。許多推理小說創作者常常只注重詭計的設計，以為只要有了精采的詭計就足以讓讀者嘆為觀止，大為傾倒，反而對故事的布局和進程處理得馬馬虎虎，毫不用心。其實，這樣做除了死忠的推理迷外，是絕對吸引不了更廣泛的讀者群。作家倪匡曾經說推理小說是最難寫的小說；因為除了邏輯縝密，還要故事和詭計兜得起來，不能胡謅打混的。

而我個人則有一套推理小說閱讀的標準認定，好的推理小說其實應該只能分為兩種類型——「好讀」和「好看」，其分別就像電影的「叫好」與「叫座」。所謂的「好讀」是指閱讀推理小說時，讀者可以獲得身心調劑，得到閱讀小說的樂趣，進而獲得休閒娛樂的目的；而「好看」的定義則是小說完全符合推理偵探小說的規範，讀者在整個閱讀過程中可以享受到推理解謎的樂趣，進而達到動腦的目的；前者應該是一般讀者在所閱讀標的不僅限於閱讀推理小說時的自我標準，而後者一般應該就是推理迷和推理狂心中極力追求的關注點。

舉例來說，最近台灣出版了不少西村京太郎的長、短篇推理作品，在我個人認為這些應該就屬於「好讀」的部分，因為它們的推理成分簡單不複雜，讀者閱讀起來輕快容易；而如果像島田莊司的《水晶金字塔》和《異位》等書，怎麼說其推理詭計的部分真的出人意表，只能說非常讓人意想不到，對於喜歡讓灰色腦細胞受折磨的讀者一定會很滿意，真的是「好看」。可是基本上《水晶金字塔》和《異位》這兩本書讓讀者閱讀的難度就不算低，更別說讓讀者輕鬆獲得閱讀的樂趣了，一般讀者甚至很可能會受不了前面大量複雜難懂且不知道有何用處的資料，索性放棄閱讀。

那麼，道尾秀介的推理小說又該屬於那一類別？目前已經在台灣出版的四部長篇看來，在「好讀」這一方面是無庸置疑的，閱讀時流暢無窒礙且能牽動讀者的心靈，故事本身就能讓讀者獲得極大的滿足；至於「好看」的部分，不論是真備與道尾系列的《背之眼》和《骸之爪》，這兩部本格味很濃厚的作品；還是獨步文化出版的《向日葵不開的夏天》和《影子》，這兩部歸類為新本格系的推理小說，基本上都可以讓我這個重度推理狂對於推理過程無可挑剔，盡情享受解謎的樂趣。雖然基本上而言，讀者可能已經知道道尾秀介很喜歡利用「敘述性詭計」來讓讀者陷入作家所期待及所設計的圈套中，但讀者卻很難逃脫被欺騙的命運。

中國推理愛好者天蠍小豬在《骸之爪》導讀中曾經提出並解釋了道尾秀介所謂的「渾沌理論」，認為道尾秀介的作品中並不僅是所謂的「敘述性詭計」，更應該是「認知科學推理」。他認為這兩者最大的區別——前者欺騙的是讀者，讀者之所以被騙，歸因於自身閱讀時產生了誤解，對於故事的走向產生了認知偏差甚至於認知錯誤；而後者欺騙的卻是小說人物和讀者雙方，看似被隱藏的解謎重點其實並未被隱藏起來，而是因為雙方在主觀認知上的誤解遭到忽略，也就是故事中造成混亂的所有混沌元素都不是作者製造的，而是角色們和讀者們自己製造的。我個人承認天蠍小豬先生這篇文章寫得很好，但基本上難免有些自我矛盾。因為角色們和讀者們不可能製造出所有的渾沌元素，應該說是作者展現其設計技巧，蓄意操縱並刻意為之的結果，這一點無疑的是作者本身寫作功力的最佳展示。

道尾秀介最值得稱道的地方是，他不只是刻意利用一般讀者觀念中的「敘述性詭計」——亦即是利用小說裡的各種誤導方式，如語言的多重含意，登場人物因姓名、性別、年齡等等的曖昧性條件，時間的循環重複性（年、月、日、時、分等），還有以不同人為視點的改變去隱瞞了詭計的重要內容，而且這一切直到篇末才在解說時和盤托出。道尾秀介除了讓讀者接受「敘述性詭計」的洗禮外，同時也讓書中的角色陷入自我誤導中，互相產生了連鎖效應，進而更加誤導了讀者！《獨眼猴》這本小說正是道尾秀介這種雙重且內外兼修的「敘述性詭計」的最佳例子。

《獨眼猴》是道尾秀介在近年推出，被部分評論家和讀者稱為「干支系列」長篇小說中的第一部作品。其實這些作品並沒有統一且持續出現的主角和相關主題，卻因為書名都有動物，因此，若要將它們納為系列也算是有一點勉強吧。作者在本書一開頭就提出了主角三梨的「特異之耳」與冬繪的「奇異之眼」的偶然（？）相逢；而幻象徵信社所在的玫瑰公寓裡的居民如野原大叔、東平、牧子阿婆和糖美、舞美雙胞胎等人的出現也讓我想起了都筑道夫〈蛞蝓大雜院〉系列的幽默與新奇。整個故事在道尾秀介巧妙的筆觸下像剝洋蔥般地一層一層揭露，讀者則毫無窒礙地沉醉在故事之中。道尾秀介也如前面所述的，不只把「敘述性詭計」發揮到淋漓盡致，連書中的主人翁和配角也都成了互相誤導、進而讓讀者上當的狠角色。讀者在本書的結尾才猛然驚覺，自己完全被道尾秀介騙了，此時，也只能對作者的高明騙術甘拜下風。

有些嫉妒且遺憾卻又不得不承認，道尾秀介這位量多質精的日本年輕推理作家的創作功力真的是爐火純青，也更讓我滿心期待著《獨眼猴》之後的《所羅門之犬》、《老鼠男》、《烏鴉的拇指》和《龍神雨》等作品的譯介出版了。

**本文作者／杜鵑窩人**

重度推理狂，推理評論家，現任台灣推理作家協會會長。

**國家圖書館出版品預行編目資料**

獨眼猴／道尾秀介著／珂辰譯；--.初版.- 臺北市；獨步文化：家庭傳媒城邦分公司發行，2009〔民98〕
面　；　公分. --（道尾秀介作品集：03）
譯自：片眼の猿
ISBN 978-986-6562-17-4（平裝）

861.57　　　98000454

# 道尾秀介作品集03
# 獨眼猴

原著書名／片眼の猿 One-eyed monkeys
原出版社／新潮社
作　　者／道尾秀介
譯　　者／珂辰
選 書 人／陳蕙慧
責任編輯／王曉瑩

版 權 部／王淑儀
行銷業務部／尹子麟
副總編輯／林毓瑜
總 經 理／陳蕙慧
發 行 人／涂玉雲
出　　版／獨步文化
城邦文化事業股份有限公司
100台北市中正區信義路二段213號11樓
電話：(02) 2356-0933　傳眞：(02)2351-6320、2351-9179
發　　行／英屬蓋曼群島商家庭傳媒股份有限公司城邦分公司
104台北市中山區民生東路二段141號2樓
讀者服務專線：(02) 25007718；25007719
24小時傳眞服務：(02) 25001990；25001991
服務時間：週一至週五　上午09:30～12:00　下午13:30～17:00
讀者服務信箱E-mail：service@readingclub.com.tw
劃撥帳號：19863813　戶名：書虫股份有限公司
總 經 銷／大和書報圖書股份有限公司
電話：(02)8990-2588；8990-2568
傳眞：(02)2290-1658；2290-1628
香港發行所／城邦（香港）出版集團有限公司
香港灣仔駱克道193號東超商業中心1樓
電話：(852) 25086231　傳眞：(852) 25789337
E-mail：hkcite@biznetvigator.com
馬新發行所／城邦（馬新）出版集團
11, Jalan 30D/146, Desa Tasik, Sungai Besi,
57000 Kuala Lumpur, Malaysia
電話：(603) 9056 3833　傳眞：(603) 9056 2833

美術設計／戴翊庭
排版／浩瀚電腦排版股份有限公司
印刷／成陽印刷股份有限公司
■ 2009年（民98）4月初版
**定價／280元**

城邦讀書花園
www.cite.com.tw
Printed in Taiwan